LA BAJON

VOUS N'Y COUPEREZ PAS

LA MEILLEURE DÉFENSE, C'EST L'HUMOUR

Directeur de collection : Claude Fournier
Édition établie sous la direction de Frédéric Dieudonné
Conception graphique : Justine Dupré
Textes de La Bajon et de Vincent Leroy

Illustrations : Dadou

Vous pouvez consulter notre catalogue général
et l'annonce de nos prochaines parutions sur notre site :
www.cherche-midi.com

92, avenue de France
75013 Paris

Mis en pages par Nord Compo
Dépôt légal : octobre 2021
ISBN : 978-2-7491-6855-5

LA BAJON

VOUS N'Y COUPEREZ PAS

LA MEILLEURE DÉFENSE, C'EST L'HUMOUR

Illustrations de Dadou

le cherche midi

En mémoire de la démocratie.

AFFAIRE N°1

MAJORATION DE 10% ??!
L'ÉTAT A UN AGENT ??
MAÎTRE LA BAJON
DIRECTION GÉNÉRALE DES FINANCES

AVOCATE COMIQUE D'OFFICE

8 h 40. Dans le hall de son immeuble, Maître La Bajon relève son courrier.

Maître La Bajon (furieuse) : C'est incroyable ! J'ai beau mettre un autocollant « Pas de publicité, merci ! », voilà ce que je reçois.

Un homme arrive dans le hall. Il vise l'enveloppe dans les mains de l'avocate.

L'homme : Vous aussi, vous avez reçu un avis d'imposition ?

Maître La Bajon : Non ! Regardez l'inscription en haut à gauche, sous le logo République française : « Liberté, Égalité, Fraternité ». Un slogan pareil, ça ne peut pas venir d'un organisme sérieux, ça sent l'arnaque à plein nez !

L'homme : Je vous comprends, mais c'est censé être la devise de la France. Et cet avis d'imposition, si vous ne le payez pas, c'est 10 % en plus.

Maître La Bajon : Ça prouve bien que la seule devise qu'il nous reste en France, c'est l'euro !

L'homme : Permettez-moi de me présenter : je suis journaliste indépendant…

Maître La Bajon : Je suis désolée, je n'ai pas d'argent.

L'homme : Il me semble pourtant que c'est vous que je viens voir, on a rendez-vous pour une interview.

Maître La Bajon : Ah oui, c'est vrai ! Excusez-moi, je vous avais pris pour une preuve contre Sarkozy.

L'homme : Ah bon ? Laquelle ?

Maître La Bajon : Aucune, c'est juste que je vous avais complètement oublié ! Bonjour, enchantée, je suis Maître La Bajon. Désolée, j'ai une petite mine, je suis crevée, je me suis couchée tard. J'ai regardé une interview du Premier ministre qui expliquait l'action du gouvernement.

L'homme : Je l'ai regardée aussi, mais c'était en plein après-midi et ça n'a même pas duré une heure…

Maître La Bajon : Oui, mais quand j'ai fini de rire, il était 4 heures du mat'.

L'homme : Je pensais que vous auriez plutôt veillé pour fêter la victoire de votre procès en défense de Total.

Maître La Bajon : Je ne vais pas me prendre une murge chaque fois que je gagne un procès ! Mon foie, ce n'est pas le logo de McDo : il ne suffit pas d'en changer la couleur pour faire croire qu'il s'est mis au vert. En plus, pour celui-là, c'est ma stagiaire qui s'en est occupée. Eh oui, je fais comme mon client : pour ne pas me faire gauler, je sous-traite.

Elle appelle l'ascenseur.

Maître La Bajon : Bienvenue à vous, monsieur… Comment, déjà ?

L'homme : Je suis Papraud, Pascal Papraud. Nous avons échangé par mail, je souhaite écrire un livre sur vous, la justice et les puissants que vous défendrez lors de votre procès à venir : les 99 % contre le 1 % qui détient les richesses du monde.

Maître La Bajon : Oui ! D'ailleurs, je viens d'apprendre que l'audience a été avancée à ce soir !

Pascal Papraud : Ah, eh bien, pour le coup, c'est moi qui suis désolé : je ne savais pas ! C'est l'affaire de votre carrière, je vais vous laisser la préparer…

Maître La Bajon : Non, non, au contraire ! S'il y a bien un jour où j'ai tout mon temps, c'est aujourd'hui ! C'est une journée idéale, car ça fait bien longtemps que ce procès est déjà gagné.

Pascal Papraud : Dans ce livre, je voudrais dénoncer les injustices et les gens malhonnêtes…

Maître La Bajon : Vous feriez mieux de publier la liste des gens honnêtes, ça gaspillerait moins de papier.

Ils sortent de l'ascenseur et arrivent devant la porte du bureau de La Bajon.

Maître La Bajon : Entrez, je vous en prie. J'ai vue sur le plus beau centre de thalasso de Paris.

Pascal Papraud (regardant par la fenêtre) : Vous parlez de l'Assemblée nationale ?

Maître La Bajon : Oui, ça me rappelle qu'il ne faut jamais oublier de penser à soi avant de penser aux autres.

Pascal Papraud : J'aime beaucoup votre bureau, il ressemble à celui du Président.

Maître La Bajon : C'est vrai. Sauf que, dans le sien, il n'y a que le bois qui travaille.

Pascal Papraud : En tout cas, je vous remercie de me recevoir, je suis très honoré.

Maître La Bajon : Mais de rien ! Je me mets à votre place : une interview avec une femme comme moi, c'est comme une mallette de billets pour un politique, ça ne se refuse pas. Vous savez, j'ai déjà accordé des entretiens à CNews et BFM TV. Du coup, ça me fait plaisir d'être interviewée par des journalistes.

Pascal Papraud : Je suis journaliste indépendant.

Maître La Bajon : Ça, vous me l'avez déjà dit. Et puis, tout le monde est dépendant, faites-moi confiance.

Pascal Papraud : On dit que la confiance, c'est comme le reste, ça se mérite.

Maître La Bajon : Non, ça s'achète. Tout s'achète, même vous. Et si votre bouquin marche, on vous donnera un prix.

Pascal Papraud : Je ne me fais aucune illusion. Les prix des journalistes ont changé. Avant, quand on écrivait un super article d'investigation, on avait le Pulitzer. Maintenant, on a la DGSI… C'est un superbe bureau que vous avez là, très joliment décoré.

Maître La Bajon : Merci. Si vous voulez vous asseoir, prenez ce siège, c'est celui de Marine Le Pen au Parlement européen. Il est comme neuf, jamais servi. Et puis, ne vous en faites pas pour l'hygiène, vous ne risquez pas d'attraper quoi que ce soit : ici, je fais tout pour que ça ait l'air aussi propre que les locaux d'un parti avant une perquisition.

Pascal Papraud : Si c'est censé être aussi propre, pourquoi M. Mélenchon s'est-il énervé le jour où il a vu débarquer les procureurs dans les locaux de La France insoumise ?

Maître La Bajon : Parce qu'ils ne l'ont pas traité comme n'importe quel autre politique lors d'une fouille à domicile : les autres, avant une perquisition, au moins, on les appelle.

Pascal Papraud (s'asseyant dans le fauteuil) : C'est tout mou, et on sent que les pieds ne sont pas solides. On se demande comment ça tient…

Maître La Bajon : Pour fabriquer ce fauteuil, ils ont dû s'inspirer du quinquennat de François Hollande.

Pascal Papraud (regardant autour de lui) : C'est curieux, pour un bureau d'avocate, je ne vois pas de livres de droit, de code pénal…

Maître La Bajon : Pas besoin de livres de loi quand on travaille avec ceux qui les écrivent. Ils savent d'autant mieux comment les enfreindre. C'est comme jouer au Monopoly avec celui qui a écrit les règles.

Pascal Papraud (observant la bibliothèque de Maître La Bajon) : Pourquoi le livre de Theresa May n'est pas rangé comme les autres ? Il dépasse, vous êtes en train de le lire ?

Maître La Bajon : Ah non, mais vous faites bien de me le dire, je vais le remettre en place… *(Elle le range avec les autres.)* Regardez-moi ça… La dernière Anglaise qui s'était autant retrouvée plaquée contre un mur, c'est Lady Di. Oh ! pardon ! Vous couperez.

Pascal Papraud : Oui, oui, bien sûr… Quand on voit tous ces livres, on se dit que vous devez beaucoup lire !

Maître La Bajon : J'ai la chance d'avoir des livres qui se lisent vite, comme celui de Benalla. Et j'ai aussi les Mémoires de Jacques Chirac, très pratiques quand on a besoin de feuilles blanches.

Pascal Papraud : Il paraît que dans son livre Benalla fait des révélations, notamment qu'il n'avait pas un, mais quatre passeports diplomatiques, et qu'il avait aussi un téléphone portable contenant des SMS que l'Élysée aurait supprimés à distance.

Maître La Bajon : De toute façon, les SMS étaient cryptés. Ils n'ont jamais trouvé à quoi correspondaient les émoticônes « cœur/cœur/courgette ».

Pascal Papraud : Votre avis sur ce livre ?

Maître La Bajon : Mon Dieu ! Tous ces arbres abattus pour un seul gland… Tiens, en parlant de gland, ça me fait penser que j'ai aussi celui de François Hollande.

Pascal Papraud : Vous l'avez acheté où ?

Maître La Bajon : Je ne l'ai pas acheté, je l'ai volé. Chacun son tour.

Pascal Papraud : Et vous en avez pensé quoi ?

Maître La Bajon : Que c'est bien un bouquin pour les sans-dents : il n'y a rien de consistant dedans.

Pascal Papraud : Vous êtes dure, quand même. S'il a écrit ce livre, c'est pour laisser une trace de sa présidence et de tout ce qu'il a fait de bien.

Maître La Bajon : Si c'était pour résumer tout ce qu'il a fait de bien, pourquoi écrire un bouquin ? Ça tenait dans un tweet.

Pascal Papraud : Je vois que vous avez aussi le nouveau livre de Marine Le Pen, *Du fiasco à l'abîme*.

Maître La Bajon : Il n'est pas nouveau, c'est une réédition : *Du fiasco à l'abîme*, en 2017, elle avait appelé ça *Mon programme*. D'ailleurs, elle voulait le faire adapter au cinéma, elle l'a même envoyé à James Cameron, le réalisateur de *Titanic*. Il lui a dit : « Non, j'ai pas le matos pour descendre aussi bas. »
C'est la grande mode, d'écrire des bouquins. On vient de m'offrir celui de Gérard Depardieu. Je vous le conseille, il y retrace sa vie en Russie ! Il raconte qu'ils l'ont pris pour un opposant au gouvernement russe et qu'ils ont essayé de l'empoisonner de la même manière. Vous savez ce qu'il a retrouvé dans son verre ? De l'eau ! Ça, vous pouvez le mettre dans votre bouquin. Un ou deux petits scoops, ça fera

décoller les ventes. Parce que, mon pauvre, l'édition, ce n'est pas ce qu'il y a de plus lucratif. Regardez Valérie Trierweiler, elle n'a gagné qu'un million d'euros avec son bouquin, alors que Nafissatou Diallo en a gagné quasiment le double avec DSK. Comme quoi, au PS, l'oral rapporte plus que l'écrit.

Pascal Papraud : Vous croyez encore un peu au pouvoir de l'écrit pour faire changer les choses, puisque vous avez accepté ce projet de livre sur vous et vos clients. D'ailleurs, depuis toutes ces années, ceux que vous représentez et qui abusent de leurs avantages en nous dirigeant et qu'on aimerait voir derrière les barreaux, c'est toujours la même brochette.

Maître La Bajon : Je ne vous permets pas de comparer mes clients à une brochette. Sur une brochette, on met du bœuf ou du poulet, pas de l'andouille.

AFFAIRE N°2

DÉFENSE DE #METOO

#METOO

Pascal Papraud : Qu'est-ce qui vous a donné envie de faire ce métier ?

Maître La Bajon : La paie ! C'est pour ça que je défends les riches. Comme ça, je suis sûre qu'ils régleront mes honoraires. Je ne vois pas l'intérêt de faire acquitter un SDF qui vole des pâtes, sauf si vous avez envie d'être rémunéré en coquillettes. Et puis, de quoi irait se plaindre un SDF en prison ? Au moins, ça lui fait un toit.

Pascal Papraud : Vous voulez dire qu'on trouve plus facilement à un SDF une place en prison qu'un logement ? Pourtant, il y a plus de logements vides en France que de places en prison.

Maître La Bajon : C'est drôle : que ce soit la construction de logements ou la gestion des prisons, sous Sarkozy, les deux avaient été confiées à Bouygues. Heureusement, tous ces conflits d'intérêts entre entreprises et Président, c'est fini ! Aujourd'hui, avec Manu, on est beaucoup plus libres. Enfin, « Free », comme diraient les Anglais.

Pascal Papraud : Vos parents ont dû être fiers de vous quand vous avez choisi d'être avocate…

Maître La Bajon : Oui, lorsque j'ai obtenu mon examen du barreau, ma mère était très émue. Les yeux pleins d'émotion, elle m'a dit : « Qui aurait cru qu'une larve deviendrait un jour un papillon ? » D'ailleurs, vous avez vu, pour les hommes, c'est l'inverse. Tu épouses un papillon, il devient une larve.

Pascal Papraud : Vous êtes mariée ?

Maître La Bajon : Non. Les hommes, c'est comme

le Président : j'en change tous les cinq ans, mais je n'ai pas encore trouvé le bon.

Pascal Papraud : Et vous n'avez pas d'enfants non plus ?

Maître La Bajon : Dieu m'en garde, quelle horreur ! En plus, j'ai une petite particularité, j'ai peur des enfants. J'ai ce que l'on appelle la « pédophobie ». Certains ont peur des araignées, moi, c'est des gamins. Sauf qu'une personne qui a peur des araignées, elle peut les écraser, alors que moi... je ne suis pas toujours en voiture ! Et puis, rien que l'accouchement, ça m'effraie : après, on est toute déformée... Quand t'en as un ou deux, ça va. Moi, de toute façon, j'estime qu'après six, c'est plus un vagin que t'as, c'est une sortie d'école. En même temps, si ça pouvait permettre à mon homme de ralentir quand il passe devant... Et vous, vous êtes célibataire ? Vous avez des enfants ?

Pascal Papraud : Euh... Vous venez de me passer l'envie. Mais revenons à vous. La petite fille qui vit en vous, de quoi rêvait-elle ?

Maître La Bajon : Déjà, je ne vous permets pas d'impliquer des petites filles là-dedans. Je ne suis pas Daniel Cohn-Bendit, non plus !

Pascal Papraud : Ce n'est pas ce que je voulais dire... Mais puisqu'on en parle, vous ne défendez quand même pas des personnes accusées de pédophilie ?

Maître La Bajon : Et pourquoi pas ? C'est l'occasion de rencontrer des vedettes d'Hollywood. C'est ça, la vraie magie du cinéma.

Pascal Papraud : Mais c'est horrible ! Qu'est-ce qu'il peut y avoir de magique là-dedans ?

Maître La Bajon : Je sais qu'il ne faut jamais dévoiler un tour de magie, mais à vous, je peux faire confiance.

Pascal Papraud : Oui, bien sûr, vous pouvez.

Maître La Bajon (à voix basse) : Pour disparaître sans laisser de traces, c'est simple : il suffit d'être témoin dans une affaire de pédophilie à Hollywood. Là-bas, c'est bien les seules histoires pour lesquelles il n'y a pas de suites.

Pascal Papraud : C'est vrai. Pourtant, dès qu'ils peuvent faire une suite, ils n'hésitent pas, *Speed 2, Shrek 4*... Des suites qui viennent complètement gâcher le 1. Cela dit, si elles ont été réalisées, c'est parce que les gens les réclamaient.

Maître La Bajon : Mais non, arrêtez. Si on donnait aux gens les suites qu'ils veulent, on aurait eu la suite des Panama Papers ! Ou des financements libyens de Sarkozy. Ou, tiens, la suite du livre noir d'Epstein le pédophile. Moi, j'aurais bien aimé. Car on ne sait pas ce qui s'est passé après. Au lieu de ça, on nous donne des films qui font plus de sorties que d'entrées. Regardez *Les Visiteurs 3*, même le projectionniste n'a pas tenu le coup.

Pascal Papraud : On peut avoir du mal à admettre que des personnes qu'on idolâtrait soient mêlées à des affaires de pédophilie.

Maître La Bajon : Ah ! bah ça, forcément. Par exemple, Kevin Spacey, il est quand même meilleur dans *House of Cards* que dans un petit jeune de 15 ans.

Pascal Papraud : Et puis, ça vient changer le sens des films. Si on se fie aux rumeurs de pédophilie sur le tournage de *Gremlins*, les monstres, ce n'est pas forcément ceux à qui il ne fallait pas donner à manger après minuit. Malheureusement, ce genre d'histoire fait de plus en plus la une en France…

Maître La Bajon : Avant, quand une célébrité déclarait avoir été touchée par l'auteur d'un livre, ça lui faisait un beau coup de pub. Maintenant, c'est l'inverse qui fait une meilleure promo.

Pascal Papraud : C'est triste qu'Olivier Duhamel, Richard Berry et d'autres viennent s'ajouter à cette liste macabre sur laquelle un seul nom est déjà de trop.

Maître La Bajon : Oui, moi aussi, je suis choquée. Vous vous rendez compte, Richard Berry qui aurait demandé à sa fille de se servir de son sexe comme d'une baguette de chef d'orchestre. Pourquoi pas d'un trombone à coulisse, tant qu'on y est ? En tout état de cause, je vous demande de respecter la présomption d'innocence. Ne faites pas comme la justice française, ne jugez pas trop vite.

Pascal Papraud : Quand les affaires sont exposées au grand jour, ceux qui jouent les choqués me font doucement rigoler, alors que c'était un secret de polichinelle. À TF1, tout le monde savait qu'il était déconseillé aux femmes de prendre l'ascenseur seules avec PPDA.

Maître La Bajon : Il leur était même déconseillé de le prendre seules tout simplement, car si l'ascenseur tombait en panne PPDA arrivait plus vite que le dépanneur. À tel point qu'ils l'avaient surnommé Otis. Remarquez, pour une fois qu'un journaliste allait au fond des choses…

Pascal Papraud : Cela n'empêche pas les célébrités qu'on suspecte de rafler des prix. Accusé d'attouchement sur mineure, Polanski a été césarisé. Woody Allen a épousé sa fille, ça ne l'a pas empêché de recevoir des Oscars. D'ailleurs, il n'y a pas eu d'histoires de ce genre avec des femmes. Si une femme s'était rendue coupable de détournement de mineur, elle aurait eu quoi ?

Maître La Bajon : Un poste de Première dame.

Pascal Papraud : Au temps pour moi. Asia

Argento est aussi accusée. Elle a obtenu un prix de meilleure actrice en Italie, ça confirme que maintenant, la pédophilie, on ne la punit plus, on la récompense !

Maître La Bajon : C'est à se demander si Marc Dutroux n'a pas commencé sa carrière trop tôt…

Pascal Papraud : Et il paraît que vous étiez avec Polanski le soir où il a reçu son César en 2020 ?

Maître La Bajon : Oui ! Quelle soirée ! On était avec des amis et sa compagne, on a fait la fête jusqu'à 2 heures du matin. Du coup, le lendemain, la petite n'est pas allée à l'école.

Pascal Papraud : Finalement, l'affaire Harvey Weinstein, c'est l'arbre qui cachait la forêt.

Maître La Bajon : Écoutez, je connais Harvey, on est quand même plus proches d'un buisson que d'un arbre. Et puis, Harvey a un beau palmarès. Je peux vous dire qu'on retrouve plus de traces de célébrités sur Harvey Weinstein que sur Hollywood Boulevard.

Pascal Papraud : Mais c'est ignoble, tout ça. Quelle défense pouviez-vous avoir pour un type pareil ?

Maître La Bajon : Rien de plus simple, c'est l'influence d'Hollywood. Prenez Hitchcock, il s'est mis dans tous ses films ! Alors, Harvey, il a voulu se mettre dans toutes ses comédiennes. Tout le gratin du showbiz a joué les offusqués, alors qu'ils étaient tous au courant. S'ils jouaient aussi bien dans leurs films, ils feraient peut-être plus d'entrées…

Pascal Papraud : Ces histoires de « Hashtag MeToo » ont bien délié les langues sur le harcèlement sexuel. C'est juste dommage que ça ait pris autant de temps. Il y en a qui parlent dix ans ou vingt ans après.

Maître La Bajon : Harvey Weinstein, c'est comme les politiques : sur le coup, on ne dit rien, et on se réveille dix ans plus tard avec la vague impression de s'être fait niquer. Ça aussi, vous couperez.

Pascal Papraud : Enfin, comme on dit, mieux vaut tard que jamais... Ça veut dire que maintenant, pour être pris, les comédiennes et les comédiens n'auront plus besoin de jouer de leurs charmes : il leur suffira de laisser parler leur talent.

Maître La Bajon : Euh... Si les comédiens français laissent parler leur talent, ça risque de relancer le cinéma muet.

Pascal Papraud : Pour finir sur Harvey Weinstein, quand vous l'avez défendu, il vous a fait des avances ?

Maître La Bajon : Oui, il m'a avancé 10 dollars.

Pascal Papraud : Il ne doit plus être à ça près, maintenant qu'il est en prison. D'ailleurs, j'ai vu que la procédure américaine l'avait obligé à se rendre lui-même à la justice.

Maître La Bajon : C'était parfait, comme ça, on n'a pas eu à payer les frais de porc. J'espère que la prison va le calmer, parce que le dernier truc effrayant que j'ai vu qui avait autant le feu au cul, c'est une gargouille sur le toit de Notre-Dame.

Pascal Papraud : Tant que ça peut faire avancer les choses et les mentalités...

Maître La Bajon : Je ne vous le fais pas dire. Il y en a qui changent... Hier, par exemple, j'ai vu Gabriel Matzneff et je lui ai dit que je le trouvais amaigri. Vous savez ce qu'il me répond ? « Oui, je m'en suis rendu compte pendant mes vacances de cette année en Asie : j'ai fait une Thaïe de moins. »

AFFAIRE N°3

DÉFENSE DES INSTITUTIONS

LES INSTITUTIONS

Pascal Papraud : Défendre des célébrités d'Hollywood, ça a dû vous changer des politiques !

Maître La Bajon : Pas trop… Maintenant, avec la politique-spectacle, on trouve des personnalités en couverture d'hebdos comme *Télé Star*. Ça fait plaisir d'en voir mener un programme sur au moins sept jours.

Pascal Papraud : Les stars hollywoodiennes et les politiques sont également liés par les affaires. Dans un réseau de prostitution de tous âges comme celui de Jeffrey Epstein, au milieu des célébrités nommées dans le livre noir qui répertoriait tous les clients, il y aurait des personnalités en rapport étroit avec les institutions, comme Trump ou Clinton, et même des noms français.

Maître La Bajon : On verra ça quand le procès aura lieu, mais pour l'instant vous avez autant de chances de le voir s'ouvrir qu'une administration française après 17 heures.

Pascal Papraud : On ferait donc traîner les affaires volontairement ? Parce que, dans les noms français, Jean-Luc Brunel, directeur d'agence de mannequinat, revient souvent. Il n'y a pas eu condamnation à cause des délais de prescription. Si on ne supprime pas ce délai, la mode pourrait être comme la justice : un éternel recommencement.

Maître La Bajon : Oui, mais pour l'instant, une fringue, contrairement à une accusation, on peut la porter trente ans après.

Pascal Papraud : Comme quoi, la mode a plus d'un an d'avance sur une nouvelle collection, mais trente ans de retard sur ses condamnations. Et chez les Français, il n'y a pas que le milieu de la mode, il y aurait aussi de grands hommes d'affaires. Ça veut dire que, maintenant, les institutions du monde entier sont menacées de toutes parts. Entre les affaires et les manifs, on a l'impression que nos institutions ne tiennent plus qu'à un cordon de CRS. Et encore, ce cordon peut craquer à tout moment. Il n'y a qu'à voir aux États-Unis, l'invasion du Capitole, ça a choqué tout le monde.

Maître La Bajon : Non. Ça a choqué les Américains, pas les Français. Un bâtiment d'État investi par des abrutis qui veulent détruire tous les acquis, ça arrive toutes les semaines à l'Assemblée nationale…

Pascal Papraud : Vous sous-entendez que tous nos députés sont corrompus ?

Maître La Bajon : Non, non, il y en a des bien ! D'ailleurs, si l'un de ces deux-là nous lit, on le salue. Mais je ne veux pas non plus qu'on perturbe nos députés avec cet ouvrage. Vous imaginez, les pauvres ! Payer un livre pour lire des conneries, alors que d'habitude eux sont payés pour les dire…

Pascal Papraud : Et en plus, ils sont payés par nos impôts.

Maître La Bajon : Dire que ce sont nos impôts qui financent les partis politiques… Quand je vois leur niveau, j'ai l'impression de donner au Téléthon. Il faudra que je voie avec mon comptable si payer ses impôts, c'est déductible des impôts.

Pascal Papraud : Ce n'est pas très gentil…

Maître La Bajon : Vous avez raison ! Avec le Téléthon, au moins, on a une chance que la recherche avance.

Pascal Papraud : Vous voulez dire qu'on n'avance plus en France ?

Maître La Bajon : Évidemment, qu'on n'avance plus ! Aujourd'hui, un dirigeant passe son temps à chercher comment rembourser une dette irremboursable. On dirait une smicarde un lendemain de soldes.

Pascal Papraud : Il ne faut pas perdre espoir. Il y en a bien qui vont réussir à trouver une stratégie de remboursement.

Maître La Bajon : Le gouvernement a revendu la Française des jeux alors que c'est une entreprise bénéficiaire. À l'inverse, ils ont repris la dette de la SNCF qui est déficitaire. Vous voyez bien que la comptabilité, ce n'est pas leur truc.

Pascal Papraud : J'ai aussi vu qu'aujourd'hui les bénéfices des autoroutes payées par les Français rapporteraient cinq milliards par an. Ça devrait être une évidence pour notre gouvernement de les renationaliser pour libérer les artères de la France.

Maître La Bajon : Les autoroutes, c'est comme le chemin de la vie : si tu veux avancer, il faut payer. C'est sûr qu'il y a plus de péages entre Paris et Deauville qu'entre la Terre et Pluton… À propos de planètes, je trouve que, finalement, Jupiter, ça ne lui va pas mal, à notre Président.

Pascal Papraud : Ah bon ? Comment ça ?

Maître La Bajon : Eh bien, Jupiter, c'est un truc rempli de gaz à des millions de kilomètres de nous.

Pascal Papraud : Mais en parlant de Jupiter, il faisait une comparaison avec le dieu, pas avec la planète !

Maître La Bajon : C'est vrai… Pourtant, notre

Président, c'est tout le contraire d'un dieu. Tout le monde le voit, mais personne n'y croit.

Pascal Papraud : Qui croit encore qu'un Président a assez de pouvoir pour faire changer les choses ?

Maître La Bajon : Vous avez raison. Les Présidents, on n'en trouve aucun qui puisse faire mieux que le précédent, alors est-ce que ça vaut le coup de conserver le poste ?

Pascal Papraud : Pourtant, celui-ci a essayé de faire passer une loi pour réduire le nombre de parlementaires.

Maître La Bajon : Cette réforme, on attend toujours qu'elle soit débattue, tout comme celle qui les obligerait à avoir un casier vierge pour exercer. Tout compte fait, le chômage auquel les députés font le mieux barrage, c'est le leur.

Pascal Papraud : Vous pensez qu'ils se croient tous indispensables ?

Maître La Bajon : Ça, c'est sûr ! On a des ministres qui pètent tellement plus haut que leur cul que les Martiens doivent avoir les yeux qui piquent. Réduire le nombre de parlementaires, ce serait pourtant tellement pratique pour les lobbys. Ça leur ferait moins de monde à corrompre !

Pascal Papraud : À vous entendre, on dirait que c'est pire que la mafia.

Maître La Bajon : C'est bien pour ça qu'on l'a supprimée en France, ça aurait fait doublon avec la classe politique.

Pascal Papraud : Vous voulez dire qu'il faudrait tous les changer ?

Maître La Bajon : Le gouvernement, c'est comme les seins de Kim Kardashian : on a beau les refaire, le cerveau reste le même.

Pascal Papraud : Quel cerveau ? Celui du Président ?

Maître La Bajon : Non, j'ai parlé de cerveaux. Ceux qui sont au-dessus de lui. Et c'est justement pour ça que la cravate est obligatoire chez les ministres : pour que les lobbys puissent les tenir en laisse. N'importe quel gros groupe peut tirer avantage des réformes. Par exemple, en réduisant le montant de la retraite : pour la compléter, les gens investiront dans des placements d'épargne retraite de sociétés comme BlackRock.

Pascal Papraud : Ce n'est pas juste ! Avec des réformes comme celle-ci, c'est encore aux retraités qu'on retire le plus d'avantages.

Maître La Bajon : C'est normal. Techniquement,

ce sont eux qui s'en plaindront le moins longtemps. Et puis, arrêtez de dire qu'on lèse les vieux. Allez au Sénat, c'est la maison de retraite des députés. Là, vous allez en voir, des vieux qui ont du pognon ! Et notre « savoir-faire » s'exporte en dehors de nos frontières. D'ailleurs, vous savez comment les étrangers appellent dans leur pays un politique français payé à ne rien faire ? Un ambassadeur. J'ai essayé d'expliquer à mes petits-neveux et nièces comment fonctionnait le Sénat. Du coup, maintenant, ils demandent du pognon à la maîtresse pour faire la sieste.

Pascal Papraud : Mais les sénateurs ont quand même une influence. Ils sont utiles, non ?

Maître La Bajon : Vous rigolez ? Un exemple simple. Le Sénat avait voté contre le deuxième confinement, on a été reconfinés quand même. Quand ils ont auditionné Benalla, on s'attendait à des révélations, il n'a rien avoué. Sérieusement, vous savez ce que je fais pour passer inaperçue quand je sors ? Je me déguise en sénateur. Comme ça, personne ne me remarque.

Pascal Papraud : C'est pour ça qu'il a été proposé de remplacer le Sénat par une assemblée de citoyens. Notre Président avait relancé cette tendance avec son « grand débat » destiné à donner la parole aux gens. La fois d'avant, c'était le référendum sur le traité constitutionnel européen. Les Français avaient majoritairement voté « non », mais c'est le « oui » qui leur a été imposé.

En résumé, le gouvernement s’est torché avec l’avis des Français.

Maître La Bajon : On comprend pourquoi l’Élysée n’a pas acheté un seul rouleau de papier toilette pendant le confinement : ils avaient les cahiers de doléances.

Pascal Papraud : Mais alors, si plus personne n’écoute personne, comment qualifieriez-vous le système dans lequel nous vivons aujourd’hui ? Démocratie ? Ploutocratie ? Dictature ?

Maître La Bajon : Je dirais que nous vivons en Léthargie. Les politiques peuvent faire n’importe quoi, le peuple ne bougera pas. Enfin, ce n’est pas tout à fait vrai : les gens ont tout de même bougé, ces dernières années… À la lumière de la façon dont on a traité les manifestants, on peut dire que la Léthargie aujourd’hui, c’est un Chass’Taupes : le premier qui met le nez dehors se fait taper dessus.

Pascal Papraud : Et on ne parle pas assez des bons côtés des manifestations. Elles ont permis à beaucoup de Français qui se croyaient seuls de voir qu’ils étaient nombreux à vouloir que le système change.

Maître La Bajon : Il y a même eu une histoire

d'amour entre une manifestante et un CRS. Aux dernières nouvelles, ils sont toujours ensemble. Je sais même qu'elle l'appelle « ma petite balle de Flash-Ball »...

Pascal Papraud : Apparemment, il lui a tapé dans l'œil... Mais c'est dommage qu'au sujet des manifestations on ne parle plus que des casseurs et des insultes raciales.

Maître La Bajon : Oh, vous savez, les casseurs et les racistes dans les manifs sont comme ceux qui possèdent les richesses : ils représentent 1 % de l'ensemble, et c'est grâce à eux que rien ne bouge.

Pascal Papraud : Cela dit, les manifestants s'essaient de plus en plus à des actions symboliques. Le blocage des raffineries de pétrole, par exemple.

Maître La Bajon : Ils ont raison, c'est ce qu'il pourrait y avoir de plus efficace. Moi aussi, quand je veux obtenir quelque chose, j'arrête de pomper. Euh, pardon, vous couperez ! Vous savez, je m'intéresse beaucoup aux actions des Gilets jaunes, entre autres. Personnellement, je préfère quand ils ouvrent les péages que lorsqu'ils bloquent les ronds-points.

Pascal Papraud : Vous avez quelque chose contre les blocages des Gilets jaunes ?

Maître La Bajon : Oui, un pare-buffle.

Pascal Papraud : On a l'impression que ça ne touche pas vraiment notre Président, tous ces gens dans la rue.

Maître La Bajon : Les manifs, ce n'est pas ça qui va l'empêcher de dormir. C'est un peu comme si des opticiens se mettaient en grève pour emmerder Gilbert Montagné. Au passage, pauvre Gilbert, on n'entend plus parler de lui depuis son soutien à Sarkozy. Aux dernières nouvelles, il bosserait à la Cour des comptes.

Pascal Papraud : Mais comment rester insensible à ces mouvements de foule, surtout avec toutes ces violences ?

Maître La Bajon : J'ai proposé une solution pour apaiser ces rassemblements : les artistes des Enfoirés n'ont qu'à se positionner entre les CRS et les black blocs. Qui oserait charger les Enfoirés ? Sauf s'ils se mettaient à chanter, bien sûr…

Pascal Papraud : Ce que je ne comprends pas, c'est que les forces de l'ordre ont prêté serment de protéger les institutions et les intérêts de l'État, donc des Français. Mais lorsque les institutions ne servent plus les intérêts des Français, elles devraient se rendre compte qu'elles ne sont pas tournées du bon côté.

Maître La Bajon : C'est pour ça qu'on leur a supprimé le droit de grève. D'ailleurs, les forces de l'ordre et les dirigeants se répartissent les tâches : les CRS tapent et eux, ils s'en tapent. Les gouvernants ne se cachent pas juste derrière les CRS. Pour les décisions impopulaires, ils se cachent derrière les préfets, parce que les préfets se moquent d'être populaires. Ils ne sont pas élus, ils sont nommés. Sinon, ça ferait longtemps que le préfet Lallement se baladerait dans les manifs avec un panneau « Câlins gratuits ». Et il aurait offert son képi trop grand à la fondation Abbé-Pierre pour y loger au moins 12 personnes.

Pascal Papraud : Alors, à votre avis, quelle serait la suite logique de tout cela ?

Maître La Bajon : Que ceux qui nous dirigent se retournent contre ceux qui les dirigent. C'est possible que nos politiques deviennent des super-héros. Il y en a déjà beaucoup qui volent…

Pascal Papraud : Avec la nouvelle génération, pensez-vous que les choses ont changé ? Autrement dit, y a-t-il moins de corruption ?

Maître La Bajon : Oui. Dans le temps, les corrompus nous laissaient au moins des miettes. Prenez Balkany, on lui reproche de toucher une enveloppe lors de la construction d'une crèche. D'accord, mais au moins, après ça, ses électeurs bénéficient tout de suite d'une place pour leur gamin. Une fois au pouvoir, la nouvelle génération fait passer des lois pour favoriser les entreprises qui leur fourniront un poste encore mieux payé à la fin de leur mandat. Avant, les enveloppes qu'ils touchaient en plus de leur salaire, c'était un pourboire. Maintenant, le pourboire, c'est leur paie avant de toucher un salaire. Aujourd'hui, Nicolas Sarkozy ou François Hollande font des conférences payées entre 85 000 et 200 000 euros.

Pascal Papraud : Des gens sont prêts à payer ce prix-là pour les entendre raconter n'importe quoi ? Ça veut dire que pour nous, les Français, c'est comme s'ils avaient fait du bénévolat pendant cinq ans.

Maître La Bajon : À moins que ce soit pour cette raison que la dette de la France a augmenté de moitié sous Sarkozy. Je me souviens de sa première conférence après sa présidence :

à 250 000 euros les 45 minutes pour une banque américaine, ça avait choqué les gens, mais pour lui, ça ne fait qu'un dossier de plus. Finalement, je ne sais pas si c'est un quinquennat qu'il a fait ou un tuto pour nouveau délinquant. Mais rassurez-vous, avec le système que je viens de vous expliquer, ces paiements de conférences n'iront jamais en justice pour conflit d'intérêts. C'est pour ça que je préfère encore défendre les corrompus, car ils sont souvent plus irréprochables que les inattaquables.
Et puis, ne vous en faites pas pour les gens : on leur laisse juste assez pour qu'ils aient peur de le perdre.

AFFAIRE N° 4

DÉFENSE DE SARKOZY

NICOLAS SARKOZY

Pascal Papraud : Toutes ces manifestations ne sont pas uniquement dues au gouvernement actuel : notre Président paie l'addition de ses prédécesseurs depuis cinquante ans.

Maître La Bajon : Ça me fait penser que je dois aller visiter un logement pour l'un d'entre eux, vous m'accompagnez ?

Ils arrivent rue de la Santé et sont accueillis par un homme en uniforme.

Pascal Papraud : Bonjour, vous êtes gardien de prison ?

Gardien : La prison ne va pas s'envoler ! Non, je suis gardien de détenus. Enfin, « surveillant pénitentiaire », c'est le terme qui change pour que ça fasse bien, comme « technicien de surface » à la place de balayeur. Ils ne font pas que changer les termes pour les métiers, je viens d'apprendre qu'on ne disait plus « pays pauvre », on dit : « pays en développement ». Mais le changement qu'on attend dans les petits boulots, ce n'est pas le nom, c'est le salaire.

Pascal Papraud : Vous paraissez bien jeune…

Gardien : J'ai 19 ans. Surveillant pénitentiaire, c'était la seule chance pour moi d'approcher ce qui ressemble le plus à une chambre d'étudiant pour un tarif abordable.

Pascal Papraud : C'est vrai qu'on a tendance à oublier tout ce que coûtent les à-côtés des études supérieures. En les rendant plus abordables, ça ferait peut-être moins de délinquants. Comme disait Victor Hugo, « Ouvrez une école, vous fermerez une prison ».

Gardien : Encore faut-il lui donner des moyens, à l'école. Quand on voit ce qui sort du système éducatif français, je n'appelle plus ça des écoles, j'appelle ça des moules à tarte.

Pascal Papraud : On met ça sur le dos des profs, mais il faudrait trouver comment remotiver les Français à éduquer leurs enfants. Un parent, ça ne touche rien pour instruire son gamin.

Gardien : Je ne sais pas si vous avez déjà vu une fiche de paie de prof. Vous verrez qu'eux non plus.

Pascal Papraud : Ça n'empêche pas l'Éducation nationale de leur demander toujours plus sans jamais rien faire pour eux.

Gardien : Ils ne font pas rien ! Pour que le ministre de l'Éducation se sente moins seul à pourrir la vie des profs, on a créé les associations de parents d'élèves.

Pascal Papraud : Poursuivre vos études aurait peut-être été mieux pour vous ?

Gardien : J'apprends beaucoup plus ici qu'à la fac. Maintenant, j'ai des objectifs d'avenir : je ne compte pas avoir une paie de surveillant jusqu'à la fin de mes jours. Plus tard, j'ai l'intention de bien gagner ma vie, comme un délinquant. Dans la loi, ce qui rapporte, c'est de l'enfreindre. En bossant ici toute ma carrière, je passerai plus de temps en prison que n'importe quel détenu. Actuellement, la peine maximale est de trente ans. Si je travaille sur la même durée, je n'aurai même pas une retraite à taux plein.

Maître La Bajon : Rassurez-vous, mon petit bonhomme, ça va changer… On envisage de plus en plus de privatiser les prisons.

Gardien : Tant mieux, parce qu'à force de travailler pour l'État j'avais l'impression d'être coupable de participation à une association de malfaiteurs.

Pascal Papraud : Avez-vous déjà pensé à dénoncer vos conditions de travail ?

Gardien : Oui. Pour qu'on m'écoute, je me suis syndiqué. Quand tu adhères à la CGT, ils prennent 1 % de ton salaire et la seule fois où ils ont augmenté mon pouvoir d'achat, c'est quand j'ai stoppé mon adhésion… Au début, j'y ai cru. Martinez était fourré à l'Élysée tous les quatre matins pour négocier la réforme des retraites. Le seul truc qu'il a obtenu, c'est le petit déj' gratos. Mais ces gens-là négocient des choses qui le sont déjà ! Par exemple, le gouvernement annonce qu'il va diminuer ta pension de retraité et te faire travailler plus longtemps, alors qu'il a déjà décidé qu'il ne ferait que diminuer ta retraite. Évidemment, les gens ont gueulé. Du coup, Martinez annonce qu'il a obtenu qu'on ne travaille pas plus longtemps. Les gens sont contents, mais leur retraite a quand même été diminuée. Les syndicats ont des noms comme CGT, FO, CFDT… Celui qui leur irait le mieux, c'est « Vaseline ».

Je me suis toujours demandé ce qu'ils faisaient du pognon de mon adhésion. Tu paies les piles du mégaphone d'un mec qui scande des slogans aux paroles riches comme un texte de Wejdene. Il change juste le nom du ministre, il garde le même texte et il ne s'est jamais fait repérer par CopyComic. Tu paies des autocollants, des banderoles et l'essence de la fourgonnette-buvette qui n'est même pas gratuite. Tout ça pour aller d'un point A à un point B : c'est pas des manifs, c'est des parades ! Le seul truc que les syndicats ont réussi à faire avancer depuis toutes ces années, c'est les bagnoles de ceux qui les représentent. En plus, dans les manifs,

les représentants viennent juste au début pour dire bonjour et faire trois pas en tenant une banderole pour les photos… Tout ça pour plus de 3 500 euros par mois. Même un mannequin gagne moins en passant plus de temps à défiler à la *Fashion Week*. Et eux, au moins, ils sont bien habillés.
Les Martinez, Besancenot, Poutou, Laguiller, ils prétendent représenter les travailleurs, mais j'espère qu'on véhicule une autre image. Moi, je ne me balade pas dans une voiture aussi rapiécée que mes fringues. Et je ne vous parle même pas des élections, ils ne sont pas foutus de s'unir. Ils ont sûrement peur de se retrouver au second tour et d'être obligés de pondre un programme. Si ces gens-là se présentent, ce n'est pas pour être élus, c'est pour occuper leurs RTT…
Mais, excusez-moi, vous n'êtes peut-être pas venus là pour m'écouter passer de la pommade aux syndicats. Vous voulez que je vous fasse visiter le quartier VIP de la prison ?

Pascal Papraud : Avec plaisir. Au passage, je peux vous citer dans le livre que j'écris ?

Gardien : Vous écrivez un bouquin ? Vous n'avez pas les moyens de faire une psychanalyse ? Vous me faites marrer, vous, les gens qui dénoncez les travers de la société. Si elle n'en avait pas, vous n'auriez pas de boulot. Faire rire des travers du système, c'est aider les gens à mieux les accepter. Vous rendez nos bourreaux sympathiques, bravo ! Tant qu'à faire de l'argent avec des choses qui ne fonctionnent pas, vous feriez mieux de bosser chez Renault.

Pascal Papraud : Mais je peux quand même vous citer ?

Gardien : Bien sûr. Et surtout ce que je viens de dire sur Renault. J'en ai eu une, avec le nouveau design. C'était une bonne idée de leur faire à toutes le cul plat : vu la qualité des moteurs, c'est quand même plus pratique pour la pousser. Au final, ce qui aura réussi à faire le plus de kilomètres chez Renault, c'est Carlos Ghosn. Si c'est moi qui avais eu à le garder, l'ancien PDG de Renault ne serait pas sorti comme ça. C'est à croire que les taules japonaises sont aussi solides que les tôles de ses bagnoles. Moi, pour l'aider à s'évader, je lui aurais pris la moitié de sa fortune. Comme ça, il aurait ressenti la même chose que ses voitures à l'Argus : perdre la moitié de sa valeur à peine sortie…
Voilà, bienvenue dans le quartier VIP. Ici, on a eu des célébrités comme Nabilla.

Pascal Papraud : Je pensais qu'elle n'avait rien eu pour avoir poignardé son mec ?

Gardien : Oui, à peine arrivée, elle était déjà repartie. Finalement, son copain a retiré sa plainte, il s'est dit : « Elle m'a rentré 10 centimètres dans le corps, chacun son tour. »

Pascal Papraud : C'est ici aussi que M. Balkany a purgé sa peine ?

Gardien : Non, il a juste purgé 29 kilos… Il est arrivé à 104, il est reparti à 75. Ça me console, c'est comme s'il y avait un quart de Patrick qui était toujours là à purger sa peine.

Pascal Papraud : Son séjour s'est bien passé ?

Gardien : Je ne sais pas. Il ne nous a pas encore renvoyé le questionnaire de satisfaction.

Maître La Bajon : S'il vous plaît, ne m'oubliez pas ! C'est grâce à moi qu'il est dehors. Patrick n'a pas pu sortir tout seul, il est moins doué en évasion de prison qu'en évasion fiscale. C'est pour ça que je l'ai fait sortir en invoquant des raisons de santé. Il l'a dit lui-même : « La prison n'est pas un lieu pour les personnes âgées. »

Gardien : Ça va, il n'a pas été maltraité ! On s'occupait bien de lui, s'il voulait voir un endroit qui n'est pas fait pour les vieux, il fallait l'envoyer dans un Ehpad.

Pascal Papraud : Maintenant, il est assigné à résidence avec sa femme et un bracelet électronique.

Gardien : Le pauvre, comme si le bracelet électronique ne suffisait pas… Ah, voilà : c'est dans cette cellule qu'on s'attendait à recevoir Nicolas Sarkozy. On était contents de l'accueillir, le directeur avait même acheté des rehausseurs pour le parloir. On était persuadés qu'il viendrait. Sarkozy a déroulé le tapis rouge au Qatar, un pays dans lequel une femme est lapidée pour avoir trompé son mari, il peut bien passer un an en prison pour avoir trompé plus de 65 millions de Français… Et puis, les juges se sont dit qu'en prison il allait se retrouver nourri, logé, blanchi aux frais des Français : il n'aurait pas senti la différence.

Pascal Papraud : Président ou criminel, c'est juste le nombre de mètres carrés qui change.

Maître La Bajon : Non, la paie aussi. Après, tout dépend de combien ils ont réussi à détourner. Et puis, quand les haut placés sont accusés, c'est bien le seul moment où ils savent rester droits.

Gardien : Ça, c'est clair. Il n'y en a pas un seul qui balance. Les politiques ne sont pas des dominos : quand il y en a un qui tombe, il ne fait pas tomber les autres.

Pascal Papraud : Puisqu'on a l'impression que les problèmes viennent des gouvernants, on se demande comment les gens acceptent d'être dirigés.

Maître La Bajon : On ne peut pas laisser les citoyens en roue libre, ce serait l'anarchie.

Pascal Papraud : Regardez en Belgique, ils ont vécu un an sans gouvernement, ça n'a rien changé.

Gardien : Oui, c'est ce que dit madame l'avocate. Là, elle parle de la Belgique : tu laisses une Logan rouler toute seule, tu ne risques pas grand-chose.

Maître La Bajon : Et les cols blancs sont quand même meilleurs pour se réinsérer dans la vie professionnelle que des délinquants lambda.

Gardien : Oui, à tel point que chez les Républicains on n'appelle pas ça « une réinsertion de délinquants », on appelle ça « une primaire »... Mais là, le pauvre Nicolas, avec tout ça, il ne peut

plus être candidat. Heureusement, il lui reste les chansons de sa femme. Moi, Carla Bruni, je l'appelle « le coyote », parce que maintenant on la voit se balader avec un animal qui fait « bip-bip »…
Bon, allez, je vous laisse. Je dois aller faire ma ronde.

Le gardien s'éloigne.

Pascal Papraud (à Maître La Bajon) : Mais, je ne comprends pas, on n'était pas censés visiter cette prison pour Sarkozy ?

Maître La Bajon : Oui, c'est bien ce que j'ai dit : je visite pour lui, car je sais qu'il n'y mettra jamais les pieds.

Pascal Papraud : Pourtant, avec tout ce dont on le soupçonne, vous ne pensez pas qu'il va finir par y aller pour l'une de ses affaires ?

Maître La Bajon : Laquelle ?

Pascal Papraud : Ses financements de campagne.

Maître La Bajon : Quelle campagne ? Les fausses factures de Bygmalion en 2012 ? Ou les financements illégaux de 2007 ?

Pascal Papraud : La personnalité qui lui a donné de l'argent pour sa campagne en 2007…

Maître La Bajon : Bettencourt ou Kadhafi ?

Pascal Papraud : Kadhafi.

Maître La Bajon : OK... Vous avez bien dit Kadhafi, pas Karachi ? Parce que j'ai Karachi aussi.

Pascal Papraud : Oui. Et vous avez réussi à le sortir de tout ça ?

Maître La Bajon : Absolument ! C'est même devenu mon slogan : « Sarkozy, tu l'aimes ou tu l'acquittes. » Et tout le monde l'aime, le petit Nicolas. Les allocutions de Sarko à la télévision, ça fait autant d'audience qu'un match du PSG.

Pascal Papraud : Peut-être parce que les deux sont sponsorisés par le Qatar ?

Maître La Bajon : C'est surtout parce que, quoi qu'il fasse, on aime le regarder à la télévision. Une affaire de Sarko, c'est comme un épisode de *Columbo* : dès le début, on connaît le coupable, mais on regarde quand même jusqu'au bout pour voir comment il va essayer de s'en tirer. Il est doué ! C'est simple : si à chaque mensonge son nez s'allongeait, tout en ayant les pieds en France, il pourrait piquer des culs jusqu'à Tahiti !

Pascal Papraud : En gros, le surnom que vous donneriez à Nicolas Sarkozy, c'est Pinocchio ?

Maître La Bajon : Non. Moi, Sarko, je l'appelle Houdini. Parce que, même pieds et poings liés, il arrive toujours à s'en sortir.

Pascal Papraud : C’est un peu un magicien ?

Maître La Bajon : Même pas : un magicien, ça sait disparaître.

Pascal Papraud : C’est vrai que lui ne disparaît jamais, il est toujours rappelé par la justice.

Maître La Bajon : D’ailleurs, vous connaissez la différence entre Sarko et sa femme ? C’est que lui, après une audition, on le rappelle… En revanche, ils ont un point commun : un témoignage contre Sarkozy, c’est comme un album de sa femme : personne n’a rien entendu.

Pascal Papraud : Pourtant, sa femme ne passait pas inaperçue lorsqu’elle était Première dame :

on se souvient de ses superbes tenues quand son mari recevait du monde à l'Élysée.

Maître La Bajon : Ça, il en a reçu du monde, Nicolas Sarkozy ! M. Kadhafi, M. Bachar el-Assad et plein d'autres… Vous vous rendez compte, il a accueilli plus de terroristes que Jawad !

Pascal Papraud : Il y a aussi ces rumeurs selon lesquelles il aurait reçu M. Kadhafi à l'Élysée pour le remercier d'avoir financé sa campagne.

Maître La Bajon : Arrêtez avec ces rumeurs ! Ça a été confirmé : Kadhafi lui-même a annoncé qu'il avait financé la campagne de Nicolas Sarkozy.

Pascal Papraud : Je m'en souviens. Quatre jours après cette révélation, on bombardait la Libye.

Maître La Bajon : C'est bien la preuve que la France doit améliorer sa vitesse de frappe. Et estimons-nous heureux que Liliane Bettencourt n'ait rien dit, sinon Neuilly était rasée dans la minute ! Ah, Liliane, paix à son âme... C'est Nicolas qui lui tenait la main dans ses derniers instants. Quand elle est morte, il est tout de suite allé à la police pour déclarer la perte de son portefeuille.

Pascal Papraud : Sur ces financements de campagne, il y a une chose que je ne comprends pas : un candidat emprunte de l'argent ou accepte des donations pour financer sa campagne. Pourtant, afin d'éviter tout conflit d'intérêts, l'État – c'est-à-dire nous – finance les campagnes des candidats quand ils font plus de 5 %. Ça veut dire qu'une fois le vote passé, les candidats remboursent leurs donateurs ?

Maître La Bajon : Exactement. De ce côté-là, ils sont honnêtes, car ils les remboursent avec beaucoup d'intérêts : Liliane Bettencourt a récupéré 30 millions d'euros avec le bouclier fiscal de Nicolas Sarkozy, Bernard Arnault a économisé des millions d'euros avec la suppression de l'ISF par Emmanuel Macron. Vous voyez, les étudiants et tous ceux qui ont vu leurs APL baisser auraient mieux fait de placer leur argent sur un candidat plutôt que sur un livret jeune. Il vaut mieux miser sur un Sarkozy à 300 % ou un Macron à 250 % d'intérêts que sur un livret A à 0,75 %. Qui aurait cru qu'un candidat avait un meilleur taux d'intérêt que son programme ?

Pascal Papraud : Certains donateurs pourraient même lui donner de l'argent sale dans des mallettes, il reviendrait blanchi comme un politique à la sortie d'un procès… Et en plus, entre-temps, l'argent sale aurait fait plus de petits qu'un PEL.

Maître La Bajon : On comprend d'ailleurs pourquoi les politiques ont été aussi perturbés par l'arrivée des migrants… C'est la première fois qu'ils voyaient des valises venant du Moyen-Orient avec des fringues à l'intérieur.

Pascal Papraud : Pourquoi ? D'habitude, il y a quoi dans les valises ? De l'argent ?

Maître La Bajon : Tout de suite, de l'argent ! Ça peut très bien aussi être de l'or ou même des diamants, selon le pays d'origine. D'ailleurs, je voudrais corriger quelque chose… Et ça, vous ne couperez pas. On a cru que c'était pour lutter contre le racisme que L'Oréal avait supprimé le mot « blanchiment » de leurs produits. Mais en fait, pas du tout : ça date du jour où Liliane Bettencourt a décidé d'arrêter de financer les campagnes de Sarkozy. Nicolas considérait un peu Liliane comme sa mère. Il l'a tétée jusqu'au bout.
Je connais aussi très bien le papa de Nicolas. C'est lui qui a fait le tableau que vous voyez là… C'est un grand peintre, Pál Sarkozy. Il tient même son fils pour l'une de ses œuvres. Il m'a raconté : « Quand Nicolas est venu au monde,

je me suis dit qu'à force de faire de la peinture, j'allais bien finir par faire une tache. »

Pascal Papraud : Ça doit le rendre triste de voir qu'on s'acharne sur son fils à ce point. À ce stade, c'est un peu tirer sur une ambulance !

Maître La Bajon : Une ambulance, non… Là, c'est plutôt un fourgon de la Brink's. Et puis, il faut arrêter de dire que Nicolas Sarkozy a touché de l'argent de Kadhafi : il n'était pas le seul, en 2012… Oh ! pardon, vous couperez !

Pascal Papraud : Vous voulez dire que Kadhafi aurait financé plusieurs campagnes présidentielles ?

Maître La Bajon : Évidemment, il a parié sur l'élection comme s'il appliquait la technique de la martingale à la roulette. Comme ça, il est sûr de ne pas perdre. Ça, c'est un peu à cause de ce que je lui ai dit : « Mouammar, il faut que tu trouves une astuce, car, les présidentielles, c'est comme au casino : à la fin, c'est toujours la banque qui gagne ! » On en a eu la preuve aux dernières élections, c'est le banquier qui a gagné. Depuis qu'Emmanuel Macron est Président, les Suisses ne nous appellent plus la France, ils nous appellent « la banque d'en face ».

Le gardien est de retour.

Gardien : Vous avez terminé ?

Maître La Bajon : Juste le temps de prendre une photo pour que Nicolas voie au moins une fois l'intérieur d'une cellule.

Pascal Papraud : Merci beaucoup pour votre accueil. On peut vous offrir un petit café ? J'ai vu qu'il y avait un Starbucks en face de la prison.

Gardien : Non, surtout pas. Je ne donne pas un centime à des sociétés qui ne paient pas leurs impôts sur le sol français. Moi, plutôt que d'aller manifester, je fais du boycott, c'est moins dangereux et plus efficace. Jusqu'à présent, on n'a encore jamais vu un CRS te tirer dessus pour te forcer à acheter un caramel macchiato. On n'envoie pas de lacrymo sur les consommateurs. S'ils veulent se retrouver avec les yeux qui pleurent à ne plus pouvoir respirer, il suffit d'aller faire un tour chez Sephora.
C'est pour ça que les gens, on les surcouve. Si on ne les a pas tous laissés mourir du virus,

c'est parce qu'ils génèrent de l'argent. Plus on est nombreux sur Terre, plus il y a d'argent. Le jour où les robots seront assez cons pour acheter des fringues qu'ils porteront moins de temps que celui qu'ils passent dans les cabines d'essayage de Zara, on est tous morts.

Pascal Papraud : Mais, pour éviter l'effondrement brutal de notre civilisation annoncé par beaucoup, ne peut-on pas compter sur l'intelligence humaine ?

Gardien : C'est bien ce que je dis : on est tous morts. Les marques ont déjà gagné, toutes les villes se ressemblent. Vous retrouvez les mêmes franchises partout, et c'est valable pour la plupart des capitales. Heureusement qu'il existe toujours les monuments pour savoir dans quelle ville on se trouve. Et encore, quel que soit le souvenir que tu rapportes, c'est du « *Made in China* ». Y compris les maladies que tu ramènes de vacances.

Pascal Papraud : Donc, pas de café Starbucks ?

Gardien : Non. Avec tous les gens qui y vont avec leur ordi pour y passer la journée, je ne sais même pas si on peut encore appeler ça un café. Quand tu regardes à l'intérieur, on croirait un Apple Store. C'est peut-être ce qui explique pourquoi leurs cafés sont aussi chers : en voyant des gens prêts à payer 3 000 euros pour un MacBook, ils se sont dit qu'ils pouvaient bien payer 10 euros pour un café. Que ce soit un employé de Starbucks ou moi, un café à ce prix-là, pour nous, c'est une heure de travail au Smic. Et une heure pour

l'employé de Starbucks, j'ai appris que c'est le temps qu'il avait pour faire 200 cafés.

Pascal Papraud : Ça veut dire qu'un employé de chez Starbucks coûte 200 fois moins que ce qu'il rapporte, mais qu'ils n'ont jamais rien fait pour le dénoncer ?

Gardien : Si, il y en a qui se sont syndiqués…

AFFAIRE N°5

DÉFENSE DE L'OPPOSITION

L'OPPOSITION

Maître La Bajon et Pascal Papraud sont de retour dans le bureau de l'avocate.

Pascal Papraud : J'aimerais revenir sur une chose : vous dites que M. Kadhafi aurait donné des deux côtés en 2012. Mais l'autre côté, c'était Ségolène Royal.

Maître La Bajon : Et alors, qu'est-ce qui empêchait M. Kadhafi de croire en elle ? Ségolène, c'est une visionnaire : elle esquivait l'ISF bien avant que M. Macron soit élu ! Ce serait depuis ces financements libyens qu'elle est devenue écolo. Tout l'argent qu'elle aurait touché de M. Kadhafi l'aurait motivée à prêcher pour la préservation des espèces. Si, si, c'est sincère, elle a un véritable amour de la nature ! Il suffit de voir à quel point elle investit dans la pierre… Avant même qu'on parle de la montée des eaux, elle était déjà mouillée jusqu'au cou.

Heureusement, elle sait nager. C'est elle d'ailleurs qui a appris l'écologie à François Hollande. Rappelez-vous, il l'a nommée ministre alors qu'ils n'étaient plus ensemble : ça démontre qu'elle lui a appris à recycler ses déchets. Et, toujours dans cet objectif de recyclage, François a demandé à son successeur de lui trouver un poste.

Pascal Papraud : C'est bien pour s'en débarrasser que M. Macron a nommé Ségolène Royal ambassadrice des pôles ?

Maître La Bajon : Pas du tout. Il s'est dit qu'après avoir travaillé au Parti socialiste avec des bras cassés, c'était la plus apte à travailler avec des manchots.

Pascal Papraud : Elle a été remerciée en janvier 2020.

Maître La Bajon : Il a mis un bout de temps. Il n'osait pas la virer. Avec le boycott des bouteilles en plastique, il se disait que c'était toujours bien de garder une gourde sous la main.

Pascal Papraud : Je ne savais pas qu'il y avait une telle part d'ombre sur Ségolène Royal.

Maître La Bajon : Entre Kadhafi et Hollande, Royal, c'est notre triangle des Bermudes, il y a des trucs louches qui finissent dedans. Bon, allez, changeons de sujet. Je continuerais bien à parler du Parti socialiste, mais je ne fais pas de spiritisme. La dernière fois que j'ai tenté de m'adresser à l'au-delà, je suis tombée sur un électeur des Républicains.

Pascal Papraud : Les Républicains n'ont pas totalement disparu ! Il reste Xavier Bertrand.

Maître La Bajon : C'est super, ça prouve qu'il en reste un. Xavier Bertrand, je l'aime bien, on dirait un Bisounours qui sort de chez l'esthéticienne. En plus, les gens dont le nom de famille est un prénom sont de bons clients. Je me souviens de la défense de Guy Georges, d'Émile Louis… Si vous en voulez d'autres, je vous les Fourniret.
Ils sont en train d'essayer de redorer le parti. Autrefois, les Républicains s'appelaient le RPR, puis l'UMP… Dès qu'ils commencent à avoir trop d'affaires, ils changent de nom pour perdre les juges. Le problème, c'est que maintenant ils ont aussi perdu les électeurs… Ils ont pourtant plein d'idées : aux États-Unis, les Républicains sont représentés par un éléphant ; en France, ils vont prendre un panda. C'est ce qui représente le mieux le parti de Xavier Bertrand : ce n'est pas tout blanc, mais c'est mignon. Et les derniers qui restent, on a de grandes chances de les voir derrière des barreaux.
Cela dit, on peut toujours invoquer les esprits, mais le seul qui pourrait faire revenir le Parti

socialiste, c'est Dominique Strauss-Kahn. Dans toutes ces histoires de corruption, il aurait presque l'air vierge. Malheureusement, il a rendu sa carte bien avant leur chute. Il m'a dit : « C'est bien la première fois que je me retire à temps ! » Lui aussi a su se recycler. Maintenant, il conseille des dirigeants africains pour rembourser la dette de leur pays. Qui de mieux que Dominique pour vous expliquer comment boucher un trou ? Et figurez-vous que ce boulot n'était pas son premier choix. Vu le coup de pub qu'il avait fait au Sofitel de New York, il leur avait envoyé son CV pour devenir leur DRH. Mais, Sofitel faisant partie du groupe Accor, ils ont préféré embaucher Nicolas Sarkozy.

Pascal Papraud : En quoi Nicolas Sarkozy serait-il plus compétent pour travailler dans l'hôtellerie ?

Maître La Bajon : Il a toujours été doué pour endormir les gens.

Pascal Papraud : Vous semblez connaître des représentants de tous les partis.

Maître La Bajon : Que ce soit à droite, à gauche ou aux extrêmes, à force de tous les côtoyer, je suis devenue athée en politique comme en religion. Vous savez, les politiques, c'est comme les fringues : à partir du moment où il y a une étiquette dessus, c'est que c'est à vendre.

Pascal Papraud : Les étiquettes ont changé. En unissant la droite et la gauche dans LaREM, on a transformé les opposants en extrêmes. Avant, le centre, c'était François Bayrou, mais personne n'a jamais compris sa politique.

Maître La Bajon : Bayrou est difficile à suivre. Il commence une phrase en disant qu'il faut aller à gauche, il la termine en disant qu'il faut aller à droite. Moi, je n'appelle pas ça un centriste, j'appelle ça un GPS bourré. On dirait Jean Lassalle au volant. En plus, le Jeannot, il a le pied lourd sur le champignon. En 2017, il est arrivé à plus de 90 km/h sur un dos-d'âne : c'est bien le seul moment de sa campagne où il a décollé… Je l'aime bien, M. Lassalle, je l'appelle « Mon chéri » : un gros truc enrobé avec de l'alcool à l'intérieur. Mais, pour qu'il fasse plus de 1,5 % à une élection, il faudrait qu'ils imposent un test d'alcoolémie aux candidats.

Pascal Papraud : Pour ce qui est de M. Bayrou, vous l'aviez pourtant défendu dans ses affaires d'emplois fictifs au MoDem.

Maître La Bajon : Franchement, c'était un dossier facile : des emplois fictifs au MoDem… C'est simple, on ne savait même pas qu'il y avait du travail.

Pascal Papraud : Actuellement, on a l'impression que la seule concurrence de notre Président, c'est les extrêmes. Les programmes de Marine Le Pen et de Jean-Luc Mélenchon ont beaucoup de similitudes, hormis la politique d'immigration.

Ils pourraient s'entendre pour s'unir. À eux deux, ils représentent quasiment 50 % des électeurs.

Maître La Bajon : Qui vous dit que ce n'est pas voulu ? Être dans l'opposition, c'est avoir la même paie que ceux qui sont au pouvoir, mais sans les emmerdes.

Pascal Papraud : Marine Le Pen et Jean-Luc Mélenchon ne seraient que des épouvantails ?

Maître La Bajon : Exactement, c'est le bon terme : un épouvantail, ça fait peur de loin, mais à y regarder de plus près ça reste un homme de paille.

AFFAIRE N° 6

DÉFENSE DU TERRORISME

LE TERRORISME

Pascal Papraud : Le travail de l'opposition se résumerait donc à sauter sur la moindre occasion pour critiquer l'action du gouvernement ?

Maître La Bajon : Pour ça, ils ne se gênent pas, même quand il s'agit d'une attaque terroriste. Que ce soit Marine Le Pen ou Jean-Luc Mélenchon, leurs meilleurs militants, ils les trouvent chez Daech. À chaque attentat kamikaze, Marine Le Pen gagne dix électeurs et Jean-Luc en perd un.

Pascal Papraud : Vous défendez même les terroristes ?

Maître La Bajon : N'importe quelle ordure a droit à un avocat ! Le seul dont je ne prendrai jamais la défense, c'est l'éléphant. Il faut voir le bon côté des choses : avant les attentats, *Charlie Hebdo* était sur le point de déposer le bilan. Maintenant, ils sont financés à vie ! Le Bataclan allait fermer, il n'en est plus question. On peut dire que ces dernières années Daech a sauvé plus d'emplois que le gouvernement !

Pascal Papraud : Sans compter qu'après chaque attentat les hommages sont nombreux. Pour le Bataclan, on a entendu les morceaux des Eagles of Death Metal pendant des mois. Quant à celui d'Ariana Grande, on s'est fadé ses chansons pendant des semaines.

Maître La Bajon : C'est pour ça que je leur ai dit : « Déconnez pas, les gars, ne faites rien au concert de Jul ! »

Pascal Papraud : J'aurais pensé que vous adopteriez un autre argument de défense. En expliquant, par exemple, que c'est en représailles de nos interventions militaires dans leurs pays qu'ils attaquent le nôtre.

Maître La Bajon : C'est un détail. Le Moyen-Orient achète des armes à la France, il faut juste qu'on revoie notre mode de livraison. Et puis, les conflits au Moyen-Orient, c'est comme n'importe quelle information : pour connaître la source, il suffit de suivre les tuyaux. J'ai beaucoup étudié le terrorisme et j'ai constaté qu'il y a de plus en plus de femmes terroristes. Comme quoi, même Daech se met à respecter la parité hommes-femmes. D'ailleurs, vous savez pourquoi on met plus de temps à attraper une femme kamikaze ? Une fois qu'elle a mis sa ceinture d'explosifs, elle se regarde dans le miroir et se demande ce qu'elle va bien pouvoir mettre avec.

Pascal Papraud : Mais, en discutant avec eux, avez-vous essayé de les raisonner ?

Maître La Bajon : Il n'y a rien de plus facile à raisonner qu'un terroriste : on sait très bien que pour que ça résonne il faut du vide. Ils m'ont expliqué qu'ils se font exploser à chaque fois qu'on ne respecte pas leurs lois. Heureusement que les Français ne font pas pareil ! Vous imaginez si on se faisait exploser à chaque fois que la loi française n'est pas respectée ? Il y aurait un cratère à la place de l'Assemblée nationale.

Pascal Papraud : Les terroristes islamistes semblent n'avoir peur de rien.

Maître La Bajon : Si ! Ils ont eu peur quand François Hollande a dit qu'il voulait arrêter Daech. Quoi de mieux que le gouvernement français pour couler une entreprise ?

Pascal Papraud : L'un des rares qui ait été jugé, c'est Jawad. Il s'en est bien sorti, puisqu'il n'a fait qu'héberger des terroristes.

Maître La Bajon : Oui, mais la prison l'a changé, c'était la première fois qu'il dormait dans le même bâtiment qu'eux sans avoir le double des clés.

Pascal Papraud : Quatre ans de prison, ce n'est pas grand-chose… Il y en a plus d'un qui voulait qu'on lui coupe la tête.

Maître La Bajon : Ça n'aurait rien changé. Si on

avait coupé la tête de Jawad, aucun organe vital n'aurait été touché. En plus, il a déjà remis son appartement en location et c'est parti comme des petits pains ! Sur l'annonce, il avait ajouté la mention : « Vu à la télé ».

Pascal Papraud : Pourquoi le procès des attentats du 13 novembre 2015 a-t-il mis autant d'années avant de s'ouvrir ?

Maître La Bajon : Au Bataclan, il a fallu identifier et reconstituer les corps des terroristes qui se sont fait exploser. C'était l'horreur. Il y avait des morceaux de chair, des bouts de doigts partout. Six ans plus tard, on est toujours à la recherche des couilles et du cerveau.

Pascal Papraud : Pour vous, il leur manque vraiment une case, à ces terroristes ?

Maître La Bajon : Ce n'est pas une case qui leur manque, c'est la grille complète. Et, comme ils sont en France depuis des années, nos administrations ont déteint sur eux : ils ne sont même plus capables de mettre à jour leurs fichiers clients. En septembre 2020, ils ont essayé de reproduire les attentats de *Charlie Hebdo*, mais ils n'étaient même pas au courant qu'ils avaient déménagé. Alors je leur ai expliqué : « Si vous vous lancez dans des remakes et que vous voulez aussi refaire les terrasses en soirée, pensez au couvre-feu, sinon vous allez avoir l'air con ! » Heureusement, ils m'ont dit qu'ils n'avaient plus le budget pour faire des attentats. Je leur ai demandé s'ils avaient pensé à se faire sponsoriser : « Au lieu de crier "Allah Akbar !", criez plutôt des slogans publicitaires, vous donnerez de la visibilité aux marques. »

Pascal Papraud : Vous imaginez l'ouverture du journal de 20 heures ? « Mesdames, messieurs, bonsoir, flash spécial, ce soir un terroriste s'est fait exploser en criant : "Avec Carrefour, je positive !" » C'est farfelu, comme concept. C'est même dangereux de donner des idées comme ça.

Maître La Bajon : Ils ne m'ont pas attendue ! Déjà, dès les premiers temps d'Al-Qaïda, si Ben Laden a pu se lancer en freelance, c'est grâce à ce que lui avait fourni l'armée américaine à l'époque où il travaillait avec eux contre les Russes. Vous me suivez ? Il a juste fini par se retourner contre son employeur. En fait, le 11-Septembre, c'était son procès aux prud'hommes à lui… Et puis, il n'y a pas que les Américains : j'ai déjà défendu des entreprises françaises qui sponsorisaient l'État islamique. Pendant un moment, Lafarge armait autant Daech que son béton. J'aime beaucoup Lafarge, ça me rappelle la grande époque des témoins gênants. C'était comme leur ciment, ça terminait coulé dans la Seine.

Aujourd'hui, on retrouve plus facilement les papiers d'identité d'un terroriste qu'un témoin à charge sur des financements libyens.
Et puis, Lafarge, je les ai défendus aussi quand ils se sont fait prendre en train de déverser leurs déchets dans le fleuve. Notez bien qu'avec la période que nous vivons, si Jésus revient, ça lui sera plus facile de marcher sur l'eau.

Pascal Papraud : À l'heure actuelle, on ne sait même plus si les terroristes comprennent encore pour quoi ils se battent. Par exemple, ceux qui se revendiquent islamistes sont beaucoup plus virulents envers des dessinateurs désarmés qu'envers les camps ouïghours du Xinjiang, en Chine, où des musulmans sont enfermés.

Maître La Bajon : Je reconnais que leur idéologie n'a aucune logique… Ils méprisent la femme, mais ce qui les motive à commettre leurs actes, c'est la promesse de 72 vierges. J'aimerais voir la tête qu'ils font quand ils découvrent que Dieu est une femme.

Pascal Papraud : Comment ça ?

Maître La Bajon : Oui, Dieu est une femme. Le premier jour, Dieu a dit : « Que la lumière soit ! » Le soir même, c'était réglé. Un homme, ça met trois semaines rien que pour changer une ampoule. Dieu est une femme.

AFFAIRE N°7

DÉFENSE DE DIEU

DIEU

Pascal Papraud : C'est la première fois que j'entends dire que Dieu est une femme. Il y aurait peut-être eu moins de guerres de religion si on l'avait su dès le début.

Maître La Bajon : Je ne comprends même pas qu'on puisse se battre pour une religion. Aujourd'hui, chacun a son lieu de culte. Les chrétiens ont les églises ; les juifs, les synagogues ; les musulmans, les mosquées… Et pour les bouddhistes, il y a même les boutiques Nature & Découvertes.

Pascal Papraud : Vous pensez que, même en ayant des religions différentes, tout le monde pourrait aller dans la même direction ?

Maître La Bajon : Bien sûr, ça existe déjà ! À Paris, par exemple, un chrétien et un musulman qui vont dans la même direction, on appelle ça un Uber.

Pascal Papraud : Malheureusement, ceux qui ont œuvré pour apporter de l'amour et de l'humain se sont tous fait dégommer : Jésus, Lady Di, Gandhi, Martin Luther King…

Maître La Bajon : Oui, seul Philippe Poutou a survécu. Plus le temps passe, plus ça va être dur de tous tomber d'accord, parce qu'on est de plus en plus nombreux sur Terre. Vous vous rendez compte, à la base, on était deux, maintenant on est huit milliards. Ce n'est plus Adam et Ève, c'est Jacquie et Michel ! Avec la surpopulation et la surconsommation, on finit par utiliser en une année deux fois plus que ce que la Terre peut produire. En gros, l'être humain consomme à crédit à partir du mois de juillet. Vous allez voir, dans quelques années, on finira par prier le petit bonhomme de Cetelem.

Pascal Papraud : La solution, ce serait que Dieu redescende sur Terre pour tout remettre en ordre.

Maître La Bajon : Mais enfin, il ne va pas passer son temps à reconstruire ! Il est Dieu, il n'est pas portugais… Et pourquoi reconstruirait-il tout pour nous ? Les dinosaures, il les a laissés 165 millions d'années sur la planète, tout s'est très bien passé et il a fallu envoyer des météorites pour les dégager ! Nous, ça fait à peine 200 000 ans qu'on est là et on a déjà tout détruit. Alors, le grand T-rex qui terrifie tout le monde au cinéma, dans le monde réel, il fait aussi peur qu'un écologiste à Monsanto.

On a bien vu pendant le confinement que la nature reprenait vite ses droits. Les gens se demandent comment sauver la planète… Mais il suffit de ne rien faire : dès qu'il bouge, l'humain fait tellement de conneries que c'est en ne faisant rien qu'il est le plus efficace. Par contre, je ne veux pas qu'on dise que Dieu a fait l'humain à son image, ça mettrait Dieu au niveau d'une Marlène Schiappa ou d'une Nadine Morano.

Pascal Papraud : Vous êtes dure, quand même. On est à deux doigts du blasphème…

Maître La Bajon : Je rétablis juste la vérité pour défendre Dieu. On pense que l'être humain est un virus pour la Terre, mais même un virus est au-dessus de l'être humain. Vous vous rendez compte qu'en un an et quelque d'existence, un virus a su comprendre que se mélanger avec des populations comme celle de l'Afrique du Sud ou de l'Angleterre le rendait plus fort et plus efficace ! Nous, les humains, on en est encore à se juger sur nos couleurs de peau. Mais il n'y a que pour nous que la couleur a une importance. Regardez les fringues, quelle que soit leur couleur, quand on les met dans le même placard, est-ce qu'elles se tapent dessus ? On réussit à être plus cons que des leggings !

Pascal Papraud : Mais vous ne m'avez pas dit qu'en religion comme en politique vous étiez athée ?

Maître La Bajon : Je suis comme beaucoup de gens, j'y crois quand ça peut me rapporter.

N'importe quel serviteur de sa religion vous dira qu'il croit en son Dieu. C'est comme quand tu bosses chez Apple : tu te sens obligé d'avoir un iPhone.

Pascal Papraud : Cela voudrait dire que, pour mieux défendre vos clients pratiquants, vous avez lu la Bible, la Torah, le Coran et *Le Yoga pour les nuls* ?

Maître La Bajon : Non, non, j'attends la sortie du film. Mais j'aime à penser que le paradis n'est pas forcément fiscal. C'est réconfortant de se dire que tous ceux qui nous quittent ne disparaissent pas totalement. Je pense à toutes ces stars au paradis : Johnny, Whitney Houston, Amy Winehouse, Serge Gainsbourg… et Renaud, qui ne devrait pas tarder. Je me dis qu'il y aura bientôt plus d'épaves au paradis qu'au fond des océans.
Et puis, les croyances, c'est qu'une question d'époque. Autrefois, les Égyptiens, les Grecs, les Romains étaient polythéistes, ils avaient un dieu pour chaque chose. Aujourd'hui, il y a un dieu par religion.

Pascal Papraud : Vous pensez qu'un jour il y aura un dieu qui unira tout le monde ?

Maître La Bajon : Il y en a déjà un, c'est l'argent.

Pascal Papraud : L'argent divise plus qu'il unit.

Maître La Bajon : Admettons, un point pour vous ! Mais, en attendant, c'est lui qui règne sur le monde. Aujourd'hui, un banquier a plus de pouvoir qu'un dieu.

Pascal Papraud : Comme vous y allez !

Maître La Bajon : Attendez, si vous voulez une voiture ou un toit au-dessus de la tête, vous allez à l'église ou à la banque ?

Pascal Papraud : Je vais à l'église et je prie pour que la banque m'accorde un crédit... Tiens, et si on supprimait l'argent ?

Maître La Bajon : Mais bien sûr ! Et pendant que vous y êtes, on se tient tous par la main et on forme une grande ronde autour de la Terre ! Avec des réflexions comme ça, il ne faut pas faire journaliste, il faut faire Miss France.

Pascal Papraud : Un monde sans argent, ça mettrait tout le monde sur un pied d'égalité, parce qu'actuellement on dit que les banques ne prêtent qu'aux riches.

Maître La Bajon : C'est normal, ils ont envie de revoir leur argent. Et les on-dit, ça va bien. On dit aussi que l'argent n'a pas d'odeur. Enfin, excusez-moi, mais quand on n'en a pas, ça sent la merde.

Pascal Papraud : Et maintenant, avec la crise, quasiment plus personne n'a d'argent...

Maître La Bajon (éclatant de rire) : Vous y croyez encore ? Ça fait combien de temps qu'on vous dit que c'est la crise ? Depuis cinquante ans, on n'a jamais trouvé de meilleur mot pour faire peur aux gens et leur faire tout accepter. Quelle brillante idée, l'asservissement de la population pour rembourser une dette imaginaire ! C'est ça, la nouvelle religion du dieu Argent. Les gens naissent, ils meurent, et entre les deux ils servent les intérêts des puissants.

Pascal Papraud : Il n'y a pas que la France qui est endettée, la planète entière est sur la paille. Avant le coronavirus, la dette mondiale était de 230 000 milliards d'euros, tous pays confondus. Ça veut dire que, même si on revendait deux fois la Terre, on ne rembourserait pas.

Maître La Bajon : Stéphane Plaza, que je connais bien, m'a dit : « Dans l'état où est la Terre, elle ne partira jamais au prix ! » C'est quand même dingue, parce que lorsqu'on y réfléchit l'argent est créé à partir de rien. Ce sont des banquiers qui appuient sur des boutons. L'argent, c'est comme les preuves : ça se fabrique. C'est ce qui caractérise l'être humain. On est capable de créer à partir du vide. C'est comme ça que Nabilla a créé sa boîte et Francis Lalanne, son parti.
En fait, nous, les humains, nous nous devons 230 000 milliards d'euros à nous-mêmes. À ce prix-là, est-ce que ça ne vaudrait pas le coup de se taper dans la main en se disant qu'on est quittes ?

Pascal Papraud : Finalement, quand vous dites que Dieu est une femme, ça pourrait être vous. Vous venez d'unir tout le monde en une phrase.

Maître La Bajon : C'est normal, Dieu inspire beaucoup de gens. Les humains lui donnent de l'argent, ils bossent pour lui depuis des millénaires, alors qu'ils ne l'ont jamais vu bosser. Ils croient encore en lui, alors qu'ils attendent toujours qu'il fasse quelque chose pour eux. Tout compte fait, Dieu est un politique comme un autre.

AFFAIRE N° 8

DÉFENSE DE BERNARD ARNAULT

BERNARD ARNAULT

Pascal Papraud : Même si la France est un pays laïque, on a pu voir au moment de l'incendie de Notre-Dame que les politiques se sentaient concernés par la religion.

Maître La Bajon : Oui, ils étaient choqués, et moi aussi, j'étais sur le parvis quand elle a brûlé. En apercevant Anne Hidalgo et Édouard Philippe aux côtés d'Emmanuel Macron, je me suis dit : « Au moins, ils ont sauvé les cloches ! »

Pascal Papraud : On a beaucoup parlé du sinistre et des dons, mais très peu des effets catastrophiques comme la fermeture des écoles suite aux retombées de plomb.

Maître La Bajon : Ça n'a rien d'extraordinaire, vous savez. On retrouve autant de plomb dans les enfants au Yémen. Et dans les deux cas, c'est du plomb français.

Pascal Papraud : À propos des dons pour Notre-Dame, celui de Bernard Arnault a été très remarqué. Mais ne craignez-vous pas qu'en contrepartie on se retrouve avec des marques de luxe à l'intérieur de la cathédrale ?

Maître La Bajon : Pas du tout. Et quand bien même, je ne vois pas où est le problème : le Christ a toujours été habillé par Lacroix. Par ailleurs, c'est bien normal qu'on fasse un don pour un monument religieux comme celui-ci.

Pascal Papraud : Pourquoi spécialement un monument catholique ?

Maître La Bajon : Jésus symbolise les Français. À peine né, il était déjà sur la paille.

Pascal Papraud : Personnellement, un petit bonhomme arrivé là par l'intervention du Saint-Esprit et qui se retrouve entouré par des ânes et des chèvres, je n'appelle pas ça Jésus, j'appelle ça un Président de la République ! Il n'empêche qu'on a beaucoup reproché à ces dons de profiter davantage à une cathédrale qu'à des personnes démunies.

Maître La Bajon : Une cathédrale, ça attire les touristes pour qu'ils achètent français. Vous en connaissez beaucoup, des touristes qui viennent en France pour voir la pauvreté ? La plupart peuvent la contempler en restant chez eux. C'est comme si des Somaliens venaient à Paris pour la *Fashion Week*. Si c'est pour voir défiler des anorexiques, ils n'ont qu'à regarder par leur fenêtre. Enfin, à condition d'en avoir une… Et puis, il n'en est pas resté là, Bernard Arnault. Juste après, il a fait don de centaines de millions d'euros pour l'incendie de la forêt amazonienne et la recherche contre le coronavirus. Il m'a confié que c'était un délire de multimilliardaire : il voulait avoir l'impression de payer l'intégralité de ses impôts en France.

Pascal Papraud : S'il a donné pour Notre-Dame, c'est parce qu'il croyait en Dieu ?

Maître La Bajon : Non, en la défiscalisation. Je le connais, Bernard, c'est quelqu'un de généreux. C'est même gravé dans son nom : Bernard Arnault, « B. A. » pour « bonne action ». Sauf qu'il est comme Bruce Wayne : il est milliardaire, mais il sauverait plus de monde en payant ses impôts qu'en sortant la nuit déguisé en Batman. B. A. devrait être un exemple pour tous les milliardaires.

Pascal Papraud : Pourtant, lui aussi fait tout pour payer un minimum d'impôts…

Maître La Bajon : Oui, mais au moins, il culpabilise. Il y en a peu qui comme lui font autant de bonnes actions sans rien attendre en retour. Quand il y a eu les incendies en Australie, il s'est mobilisé. Il a donné de l'argent pour sauver les koalas. Maintenant que c'est nous qui sommes en danger avec la Covid, pas un seul koala n'a bougé son petit cul. Pas un animal ne s'est mobilisé. Pas un pour donner un centime ! « Putains de koalas ! » qu'il dirait, Bernard.

Pascal Papraud : Au vu de sa fortune, certains lui reprochent même son influence sur les politiques.

Maître La Bajon : Bernard peut s'offrir ce qu'il veut, il n'a pas de limites. En 2017, il s'est même offert un Président. C'est dans la continuité de notre système politique : à force de toucher des mallettes de billets, comment s'étonner qu'un nouveau Président soit propulsé par un fabricant de valises ? B. A. est chez lui à l'Élysée. Quand il arrive, même Nemo, le chien des Macron, le reconnaît. La dernière fois, il a voulu venir se frotter sur la jambe de Bernard, mais il n'a pas pu, il y avait déjà Emmanuel dessus…

Pascal Papraud : Il paraît que même la Première dame aime beaucoup B. A.

Maître La Bajon : C'est vrai. Et pourtant, la première fois qu'ils se sont rencontrés, il ne l'a même pas reconnue : il l'a prise pour le portemanteau. Mais ça lui a donné une idée, il l'a embauchée comme mannequin chez LVMH.

Pascal Papraud : LVMH, c'est un symbole de la France. Même si certains y voient un conflit d'intérêts, c'est normal que cette marque soit véhiculée par nos représentants politiques à l'étranger.

Maître La Bajon : Oui, et puis, après avoir habillé Nicolas Sarkozy et François Hollande, ça leur permet de montrer qu'ils font aussi des tailles normales.

Pascal Papraud : À propos de Brigitte Macron, des mauvaises langues disent qu'elle serait juste une couverture pour Emmanuel.

Maître La Bajon : Arrêtez… Si Emmanuel Macron avait voulu une couverture, il en aurait choisi une neuve ! Et puis, Emmanuel, il est comme Bernard : ce sont de grands charmeurs.

B. A. est l'un des plus grands romantiques que je connaisse. C'est pour séduire sa femme qu'il a acheté une île privée aux Bahamas : quand il a commencé à la draguer, elle l'a envoyé bouler… « Même pas en rêve ! Ta seule chance, ce serait qu'on se retrouve seuls tous les deux sur une île déserte… »
Il ne fait pas des cadeaux que pour prouver son amour à sa femme. Il en fait aussi pour montrer qu'il aime ses enfants. Il a placé quasiment chacun d'eux à la tête d'une de ses sociétés. Je connais des ministres qui devraient prendre exemple sur lui plutôt que de donner des emplois fictifs aux leurs.
Tenez, je me souviens d'un ancien ministre de l'Intérieur que j'ai défendu, Bruno Le Roux. Il était allé jusqu'à employer ses filles en CDD. Vous vous rendez compte, en CDD ! Sa femme m'a dit que même à l'époque où elle était enceinte il n'était pas sûr de les garder. Alors, arrêtez de tirer sur Bernard ! C'est facile de s'attaquer aux grands patrons. Vous croyez peut-être qu'ils décident de tout, dans leur entreprise ? Même Jeff Bezos, la plus grosse fortune du monde, est à la botte de ses actionnaires. Ses employés et lui avaient lancé une pétition pour qu'Amazon contrôle son empreinte écologique, les actionnaires ont dit non ! Pauvre petit bonhomme… 200 milliards sur son compte et il est aussi impuissant qu'un dirigeant qui demande aux Gafa de payer leurs impôts.

Pascal Papraud : J'ai même vu que les actionnaires d'Amazon ont voté pour remplacer encore plus d'employés par des machines.

Maître La Bajon : Vu le jeune âge de leurs employés, ils se sont dit qu'il y aurait moins de boutons. Et puis, faut arrêter de dire que les actionnaires ne connaissent pas les pauvres, ils en ont encore créé des milliers ce mois-ci.

Pascal Papraud : Pourquoi les grandes entreprises ne donnent-elles pas plus d'importance à leurs employés qu'à leurs actionnaires ? Après dix ans dans la même boîte, certains employés n'ont que cinq euros d'augmentation par mois, alors qu'on verse des milliers d'euros de dividendes aux actionnaires.

Maître La Bajon : C'est logique : les actionnaires ont donné de l'argent pour l'entreprise, c'est normal qu'on leur rende ! Les employés, ils n'ont donné que de leur vie, et leur vie, ce n'est pas de l'argent.

Pascal Papraud : Ça veut dire que les actionnaires considèrent les employés comme des Kleenex ?

Maître La Bajon : Je ne vous permets pas de dire ça : les Kleenex, ils font attention où ils les jettent.

Pascal Papraud : Ce sont toujours les mêmes qui travaillent pour les riches. En fin de compte, l'esclavage n'a pas vraiment évolué avec le temps.

Maître La Bajon : Si, avant on leur donnait des coups de fouet, maintenant on leur donne le Smic. Si on était honnêtes, le Smic, on appellerait ça le PCFL : « Prends Ça et Ferme-La ».

Pascal Papraud : Malgré tout, on a l'impression qu'il y a des choses qui changent depuis quelque temps.

Maître La Bajon : C'est parce que la pyramide sociale est malmenée. On savait déjà que l'information était détenue par des grosses fortunes ; maintenant, on voit que la liberté d'expression est détenue par les réseaux sociaux. On a vu que Twitter ou Facebook pouvaient faire taire le Président de la première puissance mondiale. Des entreprises comme Apple valent quasiment autant que le PIB d'un pays comme la France et deviennent des banques avec Apple Pay. Face à tout ça, je me sens comme un député socialiste à l'Assemblée nationale : toute petite et solitaire.
Avant, c'était plus simple. Au sommet, il y avait les banques, elles prêtaient aux entreprises, aux

marchands d'armes, aux grands médias... Et les entreprises aidaient les politiques à se faire élire. C'était la belle époque. On était comme un journaliste après le suicide de Pierre Bérégovoy, on ne posait pas de questions.

Pascal Papraud : Et le peuple, vous le situez où, dans cette pyramide ?

Maître La Bajon : Ouh là ! Je ne regarde pas aussi bas, ça me donne le vertige...

Pascal Papraud : Justement, pour que le haut s'écroule, il faudrait que ce soit le bas qui bouge. Si Amazon existe, c'est parce que plein de gens l'utilisent. Pareil pour Apple, Google, Facebook... Si les gens décidaient d'arrêter d'acheter à ces entreprises, elles disparaîtraient. La pyramide sociale s'en verrait modifiée, faisant la démonstration que c'est le peuple qui décide.

Maître La Bajon : Pour ça, encore faudrait-il que le peuple s'y connaisse en architecture... Et dans cette nouvelle pyramide, les entreprises tiennent n'importe quel politique qui veut se faire élire. Les maires, par exemple, via le chantage à l'emploi. Si une entreprise délocalise ou ferme, les emplois perdus, ce sont des voix en moins.

Pascal Papraud : Vous avez raison. À chaque campagne présidentielle, les candidats se déplacent dans des firmes en danger pour promettre de sauver les emplois. En 2008, Nicolas Sarkozy visitait le site ArcelorMittal de Gandrange : il venait d'être élu, ça a fermé. En 2012, François Hollande visitait le site ArcelorMittal de Florange : il a été élu, ça a fermé. En 2017, Emmanuel Macron visitait l'usine Whirlpool d'Amiens : il a été élu, ça a fermé.

Maître La Bajon : Moralité : si les salariés d'une entreprise reçoivent un candidat pendant la prochaine campagne, je leur souhaite bon courage dans leur future recherche d'emploi.

Pascal Papraud : Beaucoup de boîtes disent devoir licencier à cause des effets économiques de la pandémie, je pense notamment à Bridgestone. Pourtant, j'ai vu leurs comptes : ils n'ont pas perdu d'argent.

Maître La Bajon : Comme quoi, on peut être victime de la Covid en étant asymptomatique.

Pascal Papraud : Pour finir sur cette pyramide sociale, le côté positif, c'est qu'avec le temps on trouve de plus en plus de gens de tous horizons au sommet. Finalement, leurs fortunes nous impressionnent, mais ce sont des humains comme nous. Beaucoup ont donné pour lutter contre le coronavirus, ils pourraient donner également pour éradiquer la famine, qui fait plus de victimes que le virus. Rien qu'une petite partie des dividendes des actionnaires pourrait nourrir la planète entière, c'est quand même plus urgent. Tenez, le temps que je dise cette phrase, il y a trois personnes qui meurent de faim dans le monde.

Maître La Bajon : Dans ce cas, mieux vaut la fermer ! Et puis, le virus, c'est devenu leur priorité parce qu'il s'attaque au consommateur. On s'occupera de la faim dans le monde le jour où les petits Africains auront les moyens de s'acheter un iPhone.

Mais arrêtez un peu avec vos calculs d'œufs dans le derrière des poules. Dans le genre, j'ai lu un article qui disait que le footballeur Neymar a été vendu 200 millions d'euros et qu'avec ça on avait de quoi nourrir pendant un moment tous les enfants qui meurent de faim dans le monde. Par curiosité, je suis allée voir à quoi il ressemblait, ce Neymar : il est tout fin ! On ne peut pas nourrir tout un pays avec ça ! Au mieux, ça ferait un repas.

Pascal Papraud : Tous les pays du monde sont concernés par la pauvreté, même la France. En 2017, Emmanuel Macron avait pourtant promis qu'un an plus tard il n'y aurait plus un seul SDF dans la rue.

Maître La Bajon : Oui, il pensait que l'hiver serait plus rude.

Pascal Papraud : Et la situation des SDF ne risque pas de s'arranger, car maintenant on parle de supprimer l'argent réel. Si les espèces disparaissent, on ne pourra plus leur donner la pièce, ça ne vous inquiète pas ?

Maître La Bajon : Non, pas du tout, je ne donnais déjà pas avant.

AFFAIRE N°9

DÉFENSE DE LA PLANÈTE

LA PLANÈTE

Pascal Papraud : Aujourd'hui, les grosses fortunes investissent dans la conquête spatiale. Ça veut dire qu'une fois de plus les premiers qui pourront quitter la Terre, ce seront les riches. Les pauvres n'auront-ils jamais les moyens d'aller dans l'espace ?

Maître La Bajon : Ne vous inquiétez pas, un jour ou l'autre, ils auront besoin de femmes de ménage. Je comprends leurs investissements : c'est passionnant, la conquête spatiale. J'ai appris que chaque voyageur de l'espace a un nom différent en fonction de son pays d'origine. En Russie, on dit un cosmonaute, en Chine, un taïkonaute, aux États-Unis, un astronaute… Et vous savez comment on appelle quelqu'un qui ne bouge pas ? Un internaute.

Pascal Papraud : À quoi bon vouloir conquérir l'espace ? Plutôt que d'investir cet argent dans la découverte de nouvelles planètes, ne serait-il pas préférable de l'utiliser pour remettre la nôtre en état ?

Maître La Bajon : Je vais vous dire, une planète, c'est comme une vierge : une fois qu'on l'a niquée, on ne la recoud pas, on va en niquer une autre. Vous couperez… De toute façon, qu'est-ce que vous voulez que vos lecteurs y fassent ? Ils ont autant d'influence que Nicolas Hulot comme ministre de la Transition écologique.

Pascal Papraud : Pensez-vous qu'il a démissionné parce qu'il s'est rendu compte qu'il n'avait aucun pouvoir ?

Maître La Bajon : Non, je ne crois pas. Si tous les ministres qui n'ont aucun pouvoir démissionnaient, il n'y aurait plus grand monde au gouvernement… Et puis, laissez le petit Nicolas là où il est ! C'est moi qui l'ai ramassé à la petite cuillère quand il a essayé de faire de la politique. Le pauvre s'est rendu compte qu'il avait brassé plus d'air en un an dans le gouvernement qu'en quinze ans dans sa montgolfière d'*Ushuaïa*.
Il était venu me dire en pleurant que personne ne l'avait écouté. Pour le consoler, je lui ai dit : « Faut les excuser, nos dirigeants : ils débutent en écologie, ils viennent tout juste de comprendre comment se faire du pognon avec. »

Pascal Papraud : Malgré cela, des climatosceptiques subsistent parmi les dirigeants du monde.

Maître La Bajon : En tout cas, plus en France. Ils vendent les terres agricoles, les forêts… Ça sent quand même la liquidation totale avant fermeture définitive.

Pascal Papraud : Ou bien ça veut tout simplement dire que le capitalisme est capable de monnayer la Terre jusqu'à sa dernière ressource. Le Terrien, c'est le seul dans l'Univers qui, quand il n'y a plus rien à manger dans le frigo, soit capable de manger le frigo. Pourtant, l'écologie devrait être une priorité : avec le réchauffement climatique, le niveau de l'eau va monter partout.

Maître La Bajon : Et alors, où est le problème ? Ça vous fera moins loin pour aller à la mer.

Pascal Papraud : Il n'y a pas que la montée des eaux, il y a aussi la déforestation. De plus en plus de citoyens y sont sensibles et affirment communiquer avec la nature. Vous est-il déjà arrivé d'entendre les arbres qui hurlent ?

Maître La Bajon : Oui, quand j'ai trois grammes. Mais je vous rassure, le réchauffement climatique m'inquiète aussi.

Pascal Papraud : Et vous ne faites rien ?

Maître La Bajon : Bah si, je m'inquiète. Et puis, on ne peut pas dire que je ne fais rien, j'ai récemment publié un statut sur Facebook. J'ai même partagé un article qui disait que rouler à l'huile de friture, c'est plus écolo.

Pascal Papraud : C'est une bonne initiative. Ce sont des infos qu'il faudrait partager avec le gouvernement.

Maître La Bajon : Ils sont déjà au courant, ils l'ont fait interdire.

Pascal Papraud : À cause de l'odeur, peut-être ?

Maître La Bajon : Sur Terre, je préfère que ça sente la friture plutôt que la fin. Mais rassurez-vous, tout est prévu : quand l'air sera pollué, on vendra de l'air pur.

Pascal Papraud : Avant d'en arriver là, on pourrait faire plein de choses ! Interdire la publicité papier, par exemple.

Maître La Bajon : Oui, mais si vous interdisez la publicité qui tue des arbres, comment saurez-vous qu'il y a moins 70 % sur le Nutella qui tue des orangs-outans ? Et ne vous en faites pas, de grosses entreprises font des chèques pour compenser la déforestation.

Pascal Papraud : Mais admettez qu'on ne rebouche pas les trous de la couche d'ozone avec des billets ! Un chèque, ça ne va pas remplacer les arbres !

Maître La Bajon : Eh bien, dans ce cas, ils feront un chèque en bois. Il y a au moins un avantage : afin de l'encaisser, il faudra ouvrir un compte en banque au nom de la planète, ce sera bien la seule façon pour elle d'être prise en considération. Si les associations écologiques veulent sauver la planète, elles n'ont qu'à financer des partis politiques. Je leur ai bien dit, à Greenpeace : « Si vous n'y mettez pas un peu du vôtre, le seul truc qui restera de vert sur cette planète dans quelques années, ce sera la couleur des billets. »

À la place, on préfère accuser mes clients, ces grosses sociétés qui polluent. D'accord, elles polluent, mais elles sont polies. Sur Terre, le « merci » pour avoir jeté correctement vos déchets, vous l'avez plus souvent sur les poubelles du McDo que de la part d'un être humain.

Pascal Papraud : Vous commencez à avoir de la concurrence, la planète a de plus en plus d'avocats. Même les jeunes la défendent avec leurs marches pour le climat.

Maître La Bajon : Ça, ça a sidéré plus d'un parent, c'est la première fois qu'ils voyaient des ados sortir de leur chambre.

Pascal Papraud : Et comme l'écologie représente de plus en plus d'électeurs, tous les partis politiques ajoutent du vert dans leur programme.

Maître La Bajon : Oui, même Marine Le Pen se sent concernée par le réchauffement climatique. Elle est déjà furax quand elle voit des étrangers arriver par milliers parce que c'est la guerre chez eux, imaginez quand elle les verra arriver par millions à cause du réchauffement climatique… À ceci près que, dans ce cas, elle ne pourra pas les renvoyer dans leur pays.

Pascal Papraud : Pourquoi pas ?

Maître La Bajon : Parce qu'ils n'en auront plus.

AFFAIRE N°10

DÉFENSE DE MARINE LE PEN

MARINE LE PEN

Maître La Bajon : Marine n'a pas attendu que l'écologie soit à la mode pour s'engager. Depuis son plus jeune âge, elle se sent concernée par la fonte des glaces, elle adore la neige. Dès qu'elle peut, elle fait du ski, ça la rend heureuse : pour une fois qu'elle peut descendre des noires sans qu'on lui dise rien… Mais je vous rassure, Marine Le Pen n'est pas raciste, c'est juste une enfant qui n'a jamais vaincu sa peur du noir.

Pascal Papraud : Je pensais que ça venait de son père. Elle-même a confié un jour qu'elle avait eu une enfance torturée.

Maître La Bajon : C'était de l'affection. C'est par nostalgie que Jean-Marie a torturé ses enfants, ça lui rappelait l'Algérie. Là-bas, pendant la guerre, quand il fallait torturer, il mettait du cœur à l'ouvrage. Comme on dit dans l'armée :

« Tu réfléchis, tu meurs. » C'est pour ça que Jean-Marie vit aussi longtemps.

Pascal Papraud : La pauvre, ce n'est pas parce qu'elle a grandi dans un château qu'elle a eu une enfance facile. Ce château, elle dit encore qu'il la hante.

Maître La Bajon : Le problème, c'est que le château dit la même chose.

Pascal Papraud : Elle parle très rarement de son enfance, Marine.

Maître La Bajon : Oui, mais moi, je peux vous en parler. Quand elle était petite, elle faisait des choses bizarres : à l'école, elle mettait des crayons dans les fesses de ses copains, de son meilleur ami ; on l'appelait « La Trousse ».
En discutant avec ses anciens professeurs, j'ai appris que c'était une grande nerveuse. Dès qu'elle commence à parler, elle ne s'arrête plus. Un matin, lors d'une interrogation orale, elle a carrément disparu. Ils ont lancé un avis de recherche et ils ont fini par la retrouver.

Pascal Papraud : Où était-elle passée ?

Maître La Bajon : Elle s'était perdue dans une de ses phrases… Tout son entourage m'a fait des révélations sur Marine. Même Louis Aliot, son ex-compagnon, m'a révélé qu'avec le temps rien ne s'était arrangé. Les face-à-face la rendent toujours violente. Il regrette encore la dernière fois qu'il l'a prise en missionnaire :

« Au lit, elle est comme son programme politique, elle mise tout sur l'extérieur, mais elle ne laisse rien rentrer. »

Pascal Papraud : Ces témoignages vous ont-ils aidée à mieux comprendre ses emportements lors des débats ?

Maître La Bajon : Oui, mais c'est en discutant avec elle que j'en ai appris le plus. En fait, c'est le temps de parole qui la stresse. Pour la rassurer, je lui ai dit : « Marine, voyez le bon côté des choses : si un jour je n'arrive pas à gagner votre procès en défense, la limitation du temps de parole vous aura bien préparée au parloir. »

Pascal Papraud : Des personnalités politiques comme elle peuvent-elles risquer la prison ferme ?

Maître La Bajon : Je suis souvent obligée de les rassurer, mais, entre nous, ils n'ont rien à craindre : tout est fait pour que les politiques n'aillent pas en prison. La seule fois où vous verrez une Marine Le Pen ou un François Fillon les menottes aux poignets, ce sera pour une soirée SM. Cela dit, si vous vous intéressez tant que ça à Marine Le Pen, sachez qu'elle est célibataire. Vous pouvez la retrouver sur Tinder, Meetic et Le Bon Coin. Il paraît qu'elle galère un peu sur ces sites de rencontres. Depuis qu'elle est redevenue un cœur à prendre, elle est comme son siège au Parlement européen, il y a rarement quelqu'un dessus.

Pascal Papraud : Marine Le Pen a beau pester contre l'Europe, elle touche quand même un salaire de députée européenne.

Maître La Bajon : Marine est contre l'Europe, elle n'est pas contre l'argent de l'Europe. Il faut bien qu'elle gagne sa vie. Tout le monde l'a lâchée, même sa nièce. Vous vous rendez compte, Marion Maréchal qui laisse tomber Marine Le Pen… Pour quelqu'un qui se dit contre les gens du voyage, elle a quand même été la première à avoir planté sa tante. Son père aussi a quitté le navire. Jean-Marie s'occupe de ses petits-enfants maintenant. Je peux vous dire qu'ils adorent jouer au Docteur Maboul avec leur grand-père. Le but, c'est de lui retirer son œil sans qu'il gueule.

Et puis, tous ces intimes qui quittent Marine, ça la rend encore plus humaine. Ça lui permet de

se mettre à la place de personnes dont elle avait oublié l'existence. Elle m'a dit : « Quand il y a eu le départ de mon plus proche collaborateur, j'ai compris ce que peut ressentir un lépreux : moi aussi, j'ai mon bras droit qui s'est barré. » Florian Philippot l'a quittée, alors que c'est elle qui l'a fait. « Après avoir fait un truc pareil, d'habitude, je tire la chasse ! » m'a-t-elle confié. Pourtant, elle sait rester fidèle. Par exemple, elle a soutenu Donald Trump jusqu'au bout.

Pascal Papraud : Même quand il voulait attaquer l'Iran ? D'ailleurs, pourquoi il ne l'a jamais fait ? Il attendait son deuxième mandat ?

Maître La Bajon : Non, il attendait de savoir où c'était sur une carte. En fait, je ne suis même pas sûre qu'il voulait attaquer, c'est juste qu'il a toujours adoré raviver les tensions. Il n'y a qu'à voir sa femme pour se rendre compte qu'il aime bien les trucs tendus. Et ce, jusqu'au bout, à tel point qu'il ne voulait plus lâcher la présidence. On ne sait pas si c'est un morpion façon Manuel Valls.

Pascal Papraud : Avec un tel soutien, on peut s'étonner que Trump n'ait pas davantage soutenu Marine Le Pen.

Maître La Bajon : C'est parce qu'il paraît que Trump est de la même famille que Macron… Bah oui, Donald, c'est bien le neveu de Picsou, non ? En attendant, aujourd'hui, la pauvre Marine se retrouve toute seule. Elle a passé le confinement avec ses chats. Elle adore les chats, ça lui rappelle un peu les migrants.

Pascal Papraud : Comment ça ?

Maître La Bajon : Les deux ont horreur de l'eau. Elle m'a raconté cette petite blague : « Les migrants qui traversent la Méditerranée pour obtenir la nationalité française, vous savez ce qu'ils disent quand le bateau coule ? Ils crient ce qu'ils ont toujours rêvé de dire : "J'ai pas pied !" »
En ce moment, elle est en train d'écrire son programme, elle va encore miser sur l'immigration... Elle est même en train de travailler son slogan. Pour l'instant, ce serait : « Les migrants, c'est comme l'économie : on espère que ça va repartir ! »

Pascal Papraud : Les sondages de la prochaine présidentielle commencent à sortir, il y en a même qui la mettent en tête des intentions de vote au premier tour.

Maître La Bajon : J'étais avec elle quand elle l'a appris, je peux vous dire qu'elle était contente, elle pense même qu'elle peut être élue dès le premier tour.

Pascal Papraud : Ça paraît énorme, quand même.

Maître La Bajon : Non, non, elle m'a dit : « S'ils estiment les résultats comme j'estime mon patrimoine, les 26 %, ça peut valoir 52. »
En plus, elle se dit que, si elle se retrouve encore face à Emmanuel Macron au second tour, elle peut faire 50,7, parce que lui, il a toutes les chances de faire un 49.3.

Pascal Papraud : C'est vous qui l'avez défendue pour ses déclarations de patrimoine ? Je me rappelle qu'elle était accusée d'avoir déclaré deux fois moins que ce qu'elle possédait.

Maître La Bajon : Mais ce n'est pas sa faute ! C'est parce qu'elle avait fait faire la déclaration par son père et il n'a vu que la moitié. Je l'ai défendue, mais elle aurait très bien pu se défendre toute seule, car c'est une ancienne avocate. Elle aime bien payer des gens pour rien. C'est simple, j'avais l'impression d'être un de ses attachés parlementaires.

Pascal Papraud : Je ne savais pas que Marine Le Pen avait été avocate.

Maître La Bajon : Je vous rassure, vous n'êtes pas

le seul, personne ne le sait : elle ne s'est jamais pointée au tribunal.

Pascal Papraud : Et vous pensez qu'elle a une chance de l'emporter, cette fois ?

Maître La Bajon : Au second tour, elle est aussi fiable qu'un test PCR. Pauvre Marine, elle a tellement peur de revivre 2017…

Pascal Papraud : Pourtant, au soir des résultats, elle a fait un discours, elle a chanté, elle a dansé…

Maître La Bajon : Oui, et après, on lui a annoncé les résultats.

Pascal Papraud : Comme Marine Le Pen et Emmanuel Macron font tous les deux partie de vos clients, ça a dû être délicat pour vous de voter.

Maître La Bajon : Attention, je n'ai pas voté Marine Le Pen, mais ce n'est pas pour autant que j'ai voté Emmanuel Macron.

Pascal Papraud : Mais alors, vous ne votez pas ?

Maître La Bajon : Si.

Pascal Papraud : Si vous n'avez pas voté ni pour Marine ni pour Emmanuel, qu'est-ce que vous avez mis dans l'enveloppe ?

Maître La Bajon : Une lettre. Une lettre que des milliers de Français ont déjà reçue. Vous voulez que je vous la lise ?

Maître La Bajon sort une lettre d'un tiroir.

« Madame Le Pen, Monsieur Macron,
Nous avons bien reçu votre candidature relative au poste de Président de la République, et nous vous remercions de l'intérêt que vous portez à notre société.
Cependant, malgré l'intérêt que suscite votre candidature, nous sommes au regret de ne pas pouvoir répondre favorablement à votre demande, ne disposant pas dans l'immédiat de poste correspondant à votre profil.
Nous vous souhaitons toutefois une pleine réussite dans votre recherche d'emploi et vous prions d'agréer, Madame Le Pen, Monsieur Macron, l'expression de nos sentiments distingués.
Signé : Les Français. »

Pascal Papraud : Je ne vous savais pas autant impliquée dans la défense des électeurs.

Maître La Bajon : Je participe même au comptage des bulletins dans les urnes les soirs de vote. C'est le seul moment où les Français peuvent dépouiller les candidats.

Pascal Papraud : Avez-vous déjà une idée du candidat pour lequel vous allez voter à la prochaine élection présidentielle ?

Maître La Bajon : Oui, le candidat à la présidentielle, je le choisirai comme mes fruits et légumes. À défaut de prendre le meilleur, je prendrai le moins pourri.

AFFAIRE N° 11

DÉFENSE DE MÉLENCHON

JEAN-LUC MÉLENCHON

Maître La Bajon est au téléphone.

Maître La Bajon : Calme-toi, ne t'énerve pas comme ça... Oui, oui, je sais, ta tension, c'est ta seule chance de dépasser les 19,6... Allez, bisous. Non, c'est toi qui raccroches. Non, c'est toi. C'est toi ! Arrête un peu, on dirait Manuel Valls. Quand on ne t'aime pas, il y a un moment où il faut savoir raccrocher.

Elle raccroche.

Maître La Bajon : Je vous disais que Marine Le Pen était nerveuse, mais ce n'est rien à côté de Jean-Luc Mélenchon.

Pascal Papraud : Vous le connaissez aussi bien que Marine ?

Maître La Bajon : Jean-Luc, si je le connais ! C'est moi qui l'ai défendu lors de la perquisition de ses locaux, vous vous rappelez, quand il s'est mis en colère devant les caméras. D'ailleurs, il se met tellement souvent en colère que je lui ai donné un petit surnom : « La centrale de Fessenheim ». Parce que, s'il ne la ferme pas, ça peut péter à tout moment. Il aboie tellement que je lui ai conseillé de prendre son labrador comme porte-parole.

Pascal Papraud : Le jour de cette fameuse perquisition, il a même dit qu'il était sacré. « Sacré », Jean-Luc Mélenchon ?

Maître La Bajon : En France, non. En Inde, oui.

Pascal Papraud : Comment vous êtes-vous rencontrés ?

Maître La Bajon : À une manif. La grande qualité de Jean-Luc, c'est qu'il aime bien être là où on ne l'attend pas.

Pascal Papraud : Mais dans une manif on l'attend, non ?

Maître La Bajon : Oui, mais pas en CRS. Il a eu la panoplie pour Noël. Il y tient beaucoup : c'est son premier cadeau.

Pascal Papraud : Le pauvre, on ne lui avait jamais fait de cadeau avant ?

Maître La Bajon : Je vous rassure, ce n'est pas une question de pauvreté. Mais le père Noël m'a dit qu'il aimait beaucoup Jean-Luc, parce que, à Noël, il fait comme avec les événements : il ne commande rien, il récupère. Il récupère tellement tout qu'il est question que La France insoumise change de nom.

Pascal Papraud : Pour s'appeler comment ?

Maître La Bajon : Emmaüs.

Pascal Papraud : Pourtant, certaines personnalités de La France insoumise ont la cote, comme le député François Ruffin, qui a souvent des discours et des actions retentissants, comme refuser de mettre une cravate ou enfiler le maillot de foot d'un club régional pour interpeller les députés sur les bénévoles du sport associatif.

Maître La Bajon : S'il voulait que les députés s'intéressent à sa cause, il n'aurait pas dû mettre le maillot d'un club régional, mais d'un club du Qatar. Cela dit, je l'aime bien, François... Je suis allé voir ses films. Vous imaginez, obligé de réaliser des films pendant son mandat pour arriver à joindre les deux bouts. Il me rappelle Marlène Schiappa, obligée comme beaucoup d'autres de continuer d'écrire des livres pour survivre...

Pascal Papraud : Finalement, nos politiques sont proches de leurs concitoyens : eux aussi doivent avoir deux boulots pour vivre décemment.

Maître La Bajon : Oui, et pour Jean-Luc Mélenchon, avec toute la récup' qu'il fait, M6 lui a proposé de présenter *Un trésor dans votre maison.*

Pascal Papraud : Remarquez, pour l'instant, il cherche plus à récupérer des électeurs que des objets, car il est en baisse dans les sondages. Et pas que dans les sondages ! Aux dernières élections, il a fait un score catastrophique.

Maître La Bajon : Je ne vous permets pas de dire ça. Il y a quand même un bureau de vote où on a cru qu'il était arrivé en tête. Le hic, c'est qu'ils s'étaient trompés : ils avaient dépouillé la poubelle.

Pascal Papraud : Vous parlez du vote des élections européennes : étiez-vous présente au dépouillement ?

Maître La Bajon : Non, j'y étais en fin de journée pour distribuer les bulletins de vote de Francis

Lalanne. Comme ça, quelques personnes auront pu en toucher un.

Pascal Papraud : Vous pensez que Jean-Luc Mélenchon a vraiment envie de devenir Président ? Car rien ne joue en sa faveur. Même Jacques Attali, dont les prédictions sont souvent avérées, a annoncé que le prochain Président serait une femme, donc une Présidente.

Maître La Bajon : Pour vous dire à quel point Jean-Luc a envie de devenir Président : il a rendez-vous au bloc jeudi. Même ses militants y croient à fond. Ils sont très actifs à dénoncer les privilèges des classes sociales. Par exemple, l'autre jour, dans un avion, furieux de voir certains députés en première classe, les Insoumis de la classe éco se sont rebellés : ils ont pris tous ceux qui étaient à l'avant pour les mettre à l'arrière. Heureusement, Jean-Luc est intervenu : « C'est bien, les gars, mais ces deux-là, ce sont les pilotes ! »

Pascal Papraud : Jean-Luc Mélenchon a beau dénoncer les privilèges des politiques, quand la crise sanitaire a éclaté, paradoxalement, il a été le premier à demander que les parlementaires soient prioritaires pour les tests PCR. D'ailleurs, savez-vous s'il a été testé ?

Maître La Bajon : Oui, ils ne lui ont trouvé aucune trace de Covid… En revanche, ils ont identifié deux nouvelles MST qui n'étaient pas répertoriées par l'OMS. Mais c'est normal qu'il n'ait pas eu le coronavirus : Jean-Luc est un grand pro des gestes barrières. Il m'a donné son tuyau pour rester à 1,50 mètre des gens…

Pascal Papraud : Qu'est-ce que c'est ?

Maître La Bajon : Une érection.

Pascal Papraud : Il faut reconnaître qu'il a été précurseur en matière de mesures sanitaires. Quand on y réfléchit, les hologrammes qu'il utilisait pour faire ses meetings n'étaient-ils pas les prémices du télétravail ?

Maître La Bajon : Il n'y avait pas pensé. À l'époque, il se disait que se faire remplacer par des hologrammes, ça représentait très bien les ouvriers. Quel travailleur n'a jamais rêvé d'envoyer quelqu'un bosser à sa place ?

Pascal Papraud : Vous parliez de super-héros tout à l'heure : si Bernard Arnault est Batman, Jean-Luc Mélenchon, c'est Double-Face. Il dénonce les injustices sociales, alors qu'il fait partie du 1 % de la population mondiale qui détient les richesses avec plus d'un million d'euros de patrimoine. Il signe une charte pour lever l'immunité parlementaire, mais il brandit la sienne pour se protéger de la justice. C'est comme si Jean-Marie Le Pen était « afro-judéo-islamo-trans-roux-gay-friendly… »

Maître La Bajon : Il faut voir le bon côté : pour appliquer son programme, Jean-Luc Mélenchon se met une baffe. Et pendant ce temps-là, il y a des gens qui n'ont même pas de quoi se payer à manger…

Pascal Papraud : Pardon, mais je ne vois pas le rapport…

Maître La Bajon : C'est juste parce que j'ai faim.

AFFAIRE N°12

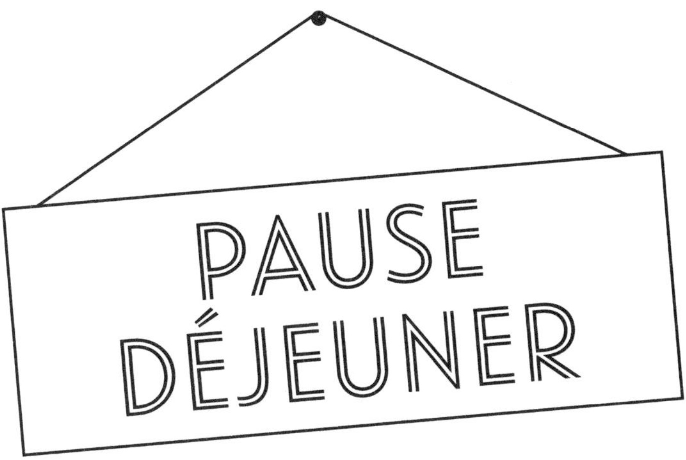

PAUSE DÉJEUNER

AU RESTAURANT

Maître La Bajon et le journaliste quittent le bureau pour aller déjeuner.

Maître La Bajon : Je connais une très bonne brasserie à côté de l'Assemblée nationale, le café Bourbon. Mais moi, je l'appelle « le Café de la Poste ».

Pascal Papraud : Pourquoi ?

Maître La Bajon : Parce que c'est là que les députés reçoivent toutes leurs enveloppes. Dans ce café, le plus honnête, c'est Rémi.

Pascal Papraud : Il est député dans quelle région ?

Maître La Bajon : Il n'est pas député, il est serveur.

Pascal Papraud : Ça fait plaisir de voir que tous les restaurants n'ont pas fermé à cause du virus.

Maître La Bajon : Vous connaissez la différence

entre les bars et les politiques en France ? Les bars, après le confinement, il y en a qui servent à nouveau.

Pascal Papraud : D'ailleurs, j'ai eu du mal à comprendre pourquoi ils ont fermé les bars et laissé les grands magasins ouverts. Au début, je pensais que c'était parce que la TVA est à 5,5 % dans la restauration, alors qu'elle est à 20 % dans les magasins. Du coup, je me suis dit que c'était pour mieux rembourser les milliards que le coronavirus a coûté à l'économie mondiale.

Maître La Bajon : Mais les ouvertures et les fermetures ne se font pas forcément en fonction de ce que ça rapporte ou de ce que ça coûte. Rappelez-vous, la crise économique de 2008 a coûté des dizaines de milliers de milliards à l'économie mondiale, et on n'a pas fermé les banques pour autant.

Pascal Papraud : À ce sujet, vous avez défendu des boucs émissaires que l'on a pris pour responsables de la crise, comme le trader Jérôme Kerviel.

Maître La Bajon : Non, pas Kerviel ! Il est indéfendable. Lui, son argent, il le doit à des banques, pas à des gens qui ne sont rien.

Le serveur Rémi les interrompt.

Rémi : Vous avez fait votre choix ? En plus de la carte, nous vous proposons aujourd'hui la formule « Quarante-Neuf-Trois », aucun souci de digestion, ça passe quoi qu'il arrive. Sinon, nous avons le menu « de Rugy », avec homard à volonté. Mais attention, il peut y en avoir qui bougent encore, il ne faut pas se faire pincer. Et enfin, notre classique « Promesse de campagne ». C'est du réchauffé, mais ça passe toujours très bien.

Maître La Bajon : Laissez-nous un peu de temps pour réfléchir. J'ai l'impression d'être Patrick Balkany devant les fonds publics : j'ai envie de tout prendre !

Rémi : Prenez votre temps, il n'y a plus de couvre-feu. Avant, il fallait fermer à 20 heures, sinon les flics débarquaient. Et puis, des flics dans un bar à 20 heures, ça voulait dire qu'on ne fermait pas avant 4 heures du matin.

Pascal Papraud : On peut dire qu'à la réouverture les gens se sont plus rués dans les bars que dans les librairies.

Rémi : C'est normal, vous êtes en France, monsieur. Aux États-Unis, l'alcoolisme est considéré comme une maladie. En France, c'est un savoir-vivre.

Pascal Papraud : D'après mes renseignements, s'ils ont fermé les bars, c'est parce qu'ils ont eu peur que les gens boivent trop et que les gestes barrières ne soient plus respectés.

Maître La Bajon : Si après deux verres tout s'accélère, Gérard Depardieu, on va l'appeler « Flash ».

Au fait, j'ai choisi : je vais faire comme Yannick Jadot, je vais prendre le melon.

Pascal Papraud : Vous trouvez qu'il a pris la grosse tête depuis que son parti a remis l'écologie à l'honneur ?

Maître La Bajon : Oui, il a tendance à oublier que c'est Daniel Cohn-Bendit qui l'a fait devenir écolo.

Pascal Papraud : Surtout que Daniel Cohn-Bendit n'a jamais été aussi écolo que depuis qu'il a appris que l'écologie touchait plus les enfants que les adultes. *(À Rémi.)* Qu'est-ce que vous avez comme viande ?

Rémi : Je vous conseille « L'augmentation à l'infirmière ». C'est une viande bien goûtue, ça fait dix ans qu'on la fait mariner.

Pascal Papraud : Je ne vais pas prendre de risque, je vais opter pour un truc léger qui passe bien et ne laisse pas de traces… Il vous reste des réformes de Chirac ?

Rémi : Pour Chirac, il y a deux recettes : la version d'autrefois ou celle d'aujourd'hui. En gros, on vous le sert chaud ou froid ?

Pascal Papraud : Je vais le prendre chaud comme à l'époque. J'aurais bien aimé le rencontrer. Il avait vraiment un capital sympathie énorme.

Rémi : Oui, mais ici les serveuses le redoutaient, parce qu'il avait aussi une réputation de chaud lapin. D'ailleurs, il l'a gardée jusqu'au bout. Je peux même vous dire qu'ils ont eu du mal à fermer le cercueil.

Pascal Papraud : Pensez-vous qu'il y ait des personnalités politiques qui suscitent autant de sympathie que lui ? Je me souviens par exemple de ses visites au Salon de l'agriculture, où il s'enfilait des bières et tapait sur le cul des vaches.

Rémi : Il y a même une année où il avait tellement bu qu'il a fait l'inverse. Et, pour répondre à votre question, Emmanuel Macron aussi est populaire au Salon de l'agriculture. L'an dernier, un agriculteur lui a même offert une petite chèvre.

Pascal Papraud : Qu'est-ce qu'elle est devenue, cette chèvre ?

Rémi : Ministre de la Santé.

Maître La Bajon : Je le connais bien, notre ministre de la Santé. Je lui ai dit : « Je t'ai suivi pendant la crise sanitaire. Si ton boulot, c'est de faire des conneries, j'ai l'impression que tu prends jamais de vacances. » Le pauvre… Tous les jours, il est obligé d'annoncer des chiffres qu'on n'aime pas voir, on dirait ma balance. Il m'a dit qu'il partirait bien en congé dans un endroit où il est sûr de ne croiser ni médecin ni personnel hospitalier.

Pascal Papraud : Vous lui avez conseillé le désert du Sahara ?

Maître La Bajon : Non, les urgences.

Rémi : Alors, pour résumer, je fais marcher une Chirac et un Jadot. Et comme boisson, je vous mets une Belloubet ou une Schiappa ?

Maître La Bajon : C'est-à-dire ?

Rémi : Une plate ou une remplie d'air ?

Maître La Bajon : Attendez, j'ai une idée : soyons fous, on va vous prendre une Annonce gouvernementale.

Rémi : Vous êtes sûre ? C'est un peu fort ! Rassurez-moi, vous n'allez pas prendre le volant après ? Une annonce gouvernementale, c'est comme un apéro-visio : tu éteins ton écran, tu es soûlé. On le conseille plutôt aux célibataires qui viennent dîner seuls, comme ça, pendant un petit moment, eux aussi se retrouvent face à quelqu'un qui parle pour ne rien dire.

Pascal Papraud : Là, je vous trouve dur ! Ça vaut parfois le coup de l'écouter, notre Président. Sur la chaîne Al Jazeera, par exemple, c'était bien qu'il calme le jeu auprès des personnes qu'il avait offensées avec ses propos sur les caricatures.

Maître La Bajon : En même temps, si chacun se met à aller sur les chaînes des gens qu'il a offensés, on ne va pas tarder à voir Polanski sur Gulli. Sinon, pour la boisson, on va rester raisonnables, on va prendre la Belloubet.

Rémi : OK, une Belloubet ! Elle n'est pas fraîche, mais si vous voulez, je peux vous rajouter des glaçons.

Pascal Papraud : Vous pouvez m'indiquer les toilettes, s'il vous plaît ?

Rémi : C'est juste derrière le Conseil des ministres.

Pascal Papraud : Ça veut dire qu'il faut ressortir du restaurant ? Ça fait vachement loin.

Rémi : Non, non, ce sont les cuisines qu'on appelle « le Conseil des ministres », parce que chacun y fait sa petite tambouille et il n'en sort jamais rien de bon.

Pascal Papraud revient quelques minutes plus tard.

Pascal Papraud : Excusez-moi, mais vous avez beau avoir un mot dans les toilettes : « Merci de ne pas les laisser dans le même état que la France ! », ça n'a pas empêché vos clients de laisser des traces.

Rémi : Un député laissera toujours plus de traces aux toilettes que dans l'Histoire. Et puis, comment voulez-vous qu'ils redressent la France ? Ils ne sont déjà pas capables de redresser la lunette des toilettes…

Pascal compose un numéro sur son smartphone, patiente un instant puis raccroche, l'air déçu.

Maître La Bajon : Qu'est-ce qui se passe ?

Pascal Papraud : Dans les toilettes, il y a un message sur le mur : « Je suce au 06 80 42 08… » J'ai appelé, je suis tombé sur l'Urssaf…

Rémi : Oui, vous êtes dans une brasserie indépendante, l'Urssaf vient souvent ici. C'est l'ami des entrepreneurs : quand tu as un commerce qui marche, tu as toujours un ami pour te pomper du pognon.

Maître La Bajon : Et l'Urssaf, c'est un véritable ami, il est là même quand ça ne marche pas !

Rémi apporte les plats et repart.

Pascal Papraud : Humm ! Ça a l'air bon, vous voulez goûter ma viande ?

Maître La Bajon : La viande, pour moi, c'est comme une défaite pour Manuel Valls : je ne la digère pas.

Pascal Papraud : Vous le connaissez bien, M. Valls, puisque vous avez défendu celui qui lui avait mis une baffe. Et vous lui avez évité la prison : à la place, il a eu des heures de travail d'intérêt général.

Maître La Bajon : Oui, grâce à moi, il a eu un peu moins de 155 heures, car ils ont déduit le temps qu'il a mis à mettre la claque à Manuel Valls.

Pascal Papraud : Comment ça ?

Maître La Bajon : En fait, ils ont considéré que mettre une claque à Manuel Valls, c'était déjà un travail d'intérêt général.

Pascal Papraud : En revanche, l'homme qui a giflé Emmanuel Macron, lui, il a écopé de quatre mois de prison. Ça veut dire que la claque qu'il a mise à notre Président n'a pas été considérée comme un travail d'intérêt général ?

Maître La Bajon : C'est surtout inadmissible de frapper le représentant de l'État ! Emmanuel Macron, c'est un Président, pas une piñata ! Avec ses quatre mois de prison ferme, le jeune homme qui lui a mis la gifle, c'est le seul auquel notre Président aura trouvé un toit.

Pascal Papraud : J'ai remarqué que cet événement l'avait fait remonter dans les sondages, il a reçu le soutien de toute la classe politique. Même

Manuel Valls l'a appelé pour lui dire : « La première, c'est dur, les autres, tu vas voir, ça passe tout seul… » Finalement, cette gifle aura été un coup de com' aussi efficace que son concours d'anecdotes avec les youtubeurs McFly et Carlito.

Maître La Bajon : Ça, c'est sûr. Je l'ai vue, cette interview : deux mecs en train d'en astiquer un autre dans un décor de château, on aurait dit un Marc Dorcel. En tout cas, je suis fière de ma défense sur ces dossiers de claques. Les images où Manuel Valls et Emmanuel Macron se prennent une baffe, ce sont les premières vidéos d'animaux maltraités sur lesquelles L214 n'est pas intervenue.

Pascal Papraud : À propos, vous avez vu les vidéos de tous ces animaux maltraités dans les abattoirs ?

Maître La Bajon : Oui, j'ai regardé, c'est affreux. Ça pixélise, c'est mal cadré et ça ne rend rien sur mon écran 4K. Du coup, je les ai regardées sur mon téléphone. J'ai vu ces petits poussins qu'on jette dans une broyeuse pour en faire des nuggets… Vous vous rendez compte, des nuggets ? Quand on y pense…

Pascal Papraud : C'est horrible.

Maître La Bajon : C'est vrai, mais qu'est-ce que c'est bon ! Moi, c'est simple, après avoir vu toutes ces pauvres bêtes torturées dans les abattoirs, j'appelle ça « Guantanimaux ».

Pascal Papraud : Heureusement, les mentalités évoluent là-dessus. Le monde du cirque propose de plus en plus de spectacles sans animaux.

Maître La Bajon : Oui, ils comptent les remplacer par des politiques. Un député qui déclare ne pas réussir à joindre les deux bouts avec 5 000 euros par mois, ça impressionne plus qu'un lion qui saute dans un cerceau en feu.

Pascal Papraud : Moi, ce qui me choque le plus, c'est la corrida. Quand je pense que certains appellent ça un sport… Qu'est-ce que c'est que ce sport où on mange le perdant ? Vous imaginez, si on faisait ça au foot ? Il n'y aurait plus grand monde à Marseille.

Maître La Bajon : J'adore le foot ! Quand un joueur se prend un coup dans la cheville, il se roule par terre en se tenant la tête et en hurlant à la mort. Il faut qu'on profite de ça, nous les femmes, pour une fois que ce sont les hommes qui simulent.

Pascal Papraud : Entre les animaux maltraités et les cultures de soja pour lesquelles on déforeste l'Amazonie, on ne sait plus quoi manger.

Maître La Bajon : Si ! On devrait manger des trucs dont tout le monde se fout… Des migrants, par exemple, en début de trajet… Non, je plaisante : on ne peut pas manger les migrants comme ça, il faut les faire dessaler avant.

Pascal Papraud : Vous avez des propos choquants, quand même. Ça, je vais couper…

Maître La Bajon : Mais non, pas besoin de couper : ne vous inquiétez pas, les gens s'en tapent.

Pascal Papraud : Ils n'ont pas toujours été indifférents, vous savez. Rappelez-vous quand il y a eu l'appel aux dons pour la Somalie, tout le monde a envoyé du riz. C'est Bernard Kouchner qui avait lancé l'initiative. D'ailleurs, dans cette famille, que ce soit Kouchner avec ses sacs de riz ou Olivier Duhamel, le mari de son ex-femme, qu'est-ce qu'ils ne feraient pas pour les enfants…

Maître La Bajon : De quoi se plaignent-ils, les Somaliens ? J'ai des copines qui rêveraient d'être aussi minces. Et il faut voir le bon côté : là-bas, en cas de divorce, on n'a aucun argument pour réclamer une pension alimentaire.

Pascal Papraud : Pas besoin d'aller en Somalie, même en France, la malnutrition augmente. C'est devenu de plus en plus cher de s'acheter de la nourriture saine.

Maître La Bajon : Je vais vous faire une confidence : on a mis en place un petit système et on s'est rendu compte que mieux on nourrissait les gens, plus ils vivaient longtemps. Donc, on a augmenté le prix de la nourriture saine. Comme ça, les pauvres crèvent plus vite. C'est ce qu'on appelle la sélection naturelle.

Pascal Papraud : C'est ignoble ! On pourrait nourrir tout le monde sur Terre, si on savait cultiver correctement. Il paraît que la monoculture, notamment, présente un gros avantage économique. Seul souci, elle est néfaste pour la planète. Les aliments, c'est comme les humains : c'est le mélange des cultures qui les fait avancer. La nourriture aussi peut unir tout le monde. À Noël, on se retrouve tous autour d'une bonne dinde.

Maître La Bajon : S'il suffisait d'une bonne dinde pour unir tout le monde, il y a longtemps qu'on ferait la ronde autour de Ségolène Royal… Bon, allez, on n'a pas que ça à faire, vous avez fini ? On y va !

Pascal Papraud : Vous partez sans payer ?

Maître La Bajon : Je vous ai dit que c'était le restaurant de l'Assemblée nationale, il fonctionne pareil : on choisit, on savoure, et c'est le Français qui paie l'addition.

AFFAIRE N°13

MÉNAGE EN COURS

MÉNAGE
EN COURS

LA FEMME DE MÉNAGE

Maître La Bajon et le journaliste remontent dans le bureau de l'avocate, où Nina, la femme de ménage, est en train de dépoussiérer.

Maître La Bajon : Je vous présente Nina, la meilleure femme de ménage de France ! C'est Benalla qui me l'a conseillée, elle nettoie tout, du sol au coffre.

Pascal Papraud : Enchanté, Nina. Dites-moi, tout le monde fantasme sur le contenu de ce coffre disparu. Vous savez ce qu'il avait dedans, vous ?

Nina : Oui, le programme d'Emmanuel Macron. Le problème, c'est que je leur ai perdu la clé. C'est pour ça que depuis il ne dirige plus, il improvise.

Le smartphone de Maître La Bajon se met à sonner sur l'air de Je suis libertine, *de Mylène Farmer.*

Maître La Bajon : Je vous laisse quelques minutes, le Président m'appelle sur la ligne spéciale ! Allô, oui, Manu !

Maître La Bajon sort du bureau.

Pascal (à Nina) : Alors comme ça, vous connaissez M. Benalla ? C'est moi, ou il a joué un rôle plus important que celui de garde du corps ?

Nina : Évidemment ! On ne bosse pas pour des cons ! Quand on est au service de gens aussi importants, on a les mêmes pouvoirs que ceux pour qui on travaille. On peut nous tirer dessus, les balles passent au travers.

Pascal Papraud : Avant Emmanuel Macron, Alexandre Benalla travaillait pour François Hollande et il n'était déjà pas si efficace que ça, puisqu'il n'a pas empêché notre ancien Président de se faire enfariner.

Nina : Bon, vous ne le répéterez pas, car c'est mon petit secret : en fait, c'est mon mari qui l'a enfariné. Je vous rassure, je l'ai engueulé d'avoir gâché de la farine comme ça, je lui ai dit : « C'est nul, François Hollande, il n'a pas besoin de farine, il a déjà assez de blé comme ça ! »

Pascal Papraud : M. Benalla aurait pu perdre son poste à cause de ça. Et quelques années plus tard, il n'a pas empêché non plus M. Macron de se prendre un œuf sur la tête.

Nina : Ne le répétez pas non plus : c'était aussi mon mari. Je vous rassure, je l'ai encore engueulé

d'avoir gâché un œuf comme ça, je lui ai dit : « C'est nul, ça ne sert à rien de rajouter des œufs quand la quiche est déjà faite ! »
Et vous vous souvenez quand M. Macron s'est fait apostropher par un étudiant : c'était mon fiston. Il lui a dit « Manu » à la place d'Emmanuel, du coup, il n'était pas content, M. Macron, il lui a répondu : « Tu te permettras d'insulter le Président quand tu auras des diplômes et que tu te nourriras toi-même ! » Eh bien, je remercie tous les jours le Président de lui avoir dit ça, c'est ce qui a motivé mon fils à faire des études. Et mon gamin, il le connaissait depuis qu'il avait mis une claque à Valls.

Pascal Papraud : C'est votre fils qui a fait ça ? Et Benalla ne s'est pas interposé ?

Nina : Si, si, pour défendre mon fils, après son acte héroïque.

Pascal Papraud : Benalla ne s'est même pas jeté devant eux pour les protéger... C'est pourtant le boulot d'un garde du corps. Vous pensez qu'il serait prêt à se prendre une balle pour le Président ?

Nina : Et pas qu'une ! Pour M. Macron, il prenait déjà 10 000 balles par mois !

Pascal Papraud : Je veux dire : est-ce qu'il s'est déjà jeté devant le Président de la République pour prendre à sa place une balle qui lui était destinée ?

Nina : Je n'en sais rien, mais en tout cas il s'est pris un sacré paquet de cartouches ! Parce que ça ne s'arrêtait pas là, son boulot, il ne le protégeait pas que des gens qui lui voulaient du mal ! Il le protégeait aussi de tous les gens qui voulaient lui faire des câlins pour avoir supprimé l'ISF.

Pascal Papraud : Alexandre Benalla a commencé sa carrière de garde du corps politique sous Martine Aubry et il l'a finie avec Macron. Il paraît que Martine en était très contente, vous savez s'il la protégeait bien ?

Nina : Ce n'était pas Martine qu'il surveillait, c'était sa bière. Elle a toujours peur de se faire piquer son verre. Il lui a quand même sauvé la vie une fois : il s'est jeté sur elle pour l'empêcher d'allumer une cigarette. Une flamme au contact d'autant de vapeurs d'alcool, il y avait de quoi raser le Vieux-Lille. Depuis tous ces événements, Alex s'est lancé dans la politique à titre personnel. Il a failli se présenter à la mairie de Saint-Denis.

Pascal Papraud : Qu'est-ce qui l'a motivé à se présenter aux municipales ?

Nina : C'est depuis que la loi sur la PMA est passée. Il a compris que maintenant n'importe qui peut devenir maire. On lui a expliqué qu'il confondait avec le mot « mère ». C'est dommage, car il avait déjà son slogan : *« Benalla : yes, we cogne ! »*

Pascal Papraud : Ça doit vous changer de travailler pour une avocate.

Nina : Ici, je passe mon temps à dépoussiérer les dossiers. Enfin, il y en a qui ressortent tellement souvent que la poussière n'a pas le temps de se déposer dessus. Et si ça vous intéresse, je ne fais pas que le ménage ! Je suis comme Nafissatou Diallo, je suis multitâche. Je fais aussi la cuisine, la vaisselle, la lessive et le repassage. Maintenant, je nettoie tout moi-même, parce que la dernière fois que j'ai apporté des vêtements au pressing, j'ai fait une petite boulette… Vous vous souvenez des costumes de François Fillon ?

Pascal Papraud : Oui, bien sûr ! Ses costumes, c'est comme ses affaires : ils sont tous partis à la blanchisserie. C'est leur prix qui avait choqué tout le monde : plus de 50 000 euros !

Nina : Eh bien, non ! En fait, c'était juste 500 euros le costume. C'est ma faute, j'avais oublié de vider les poches. Par contre, je ne vous donne pas le montant de ses caleçons avec ses couilles en or… M. Fillon, je le connais bien, ça reste quelqu'un d'abordable. On discutait ensemble parfois. Pour essayer de le sauver pendant la campagne, je lui ai donné l'idée de promettre de rendre l'argent détourné s'il était élu, il m'a répondu : « C'est une bonne idée, mais il faut voir. Ils sont au courant de quel montant ? »

Pascal Papraud : Pour se défendre, il avait pourtant dit qu'il ne pouvait pas mettre d'argent de côté.

Nina : Bien sûr qu'il ne peut pas mettre d'argent de côté, le François ! Il n'y plus de place sur les côtés ! Il peut en mettre devant, derrière, mais pas sur les côtés.

Pascal Papraud : Ça veut dire qu'il est blindé ?

Nina : Même les chars d'assaut français ne sont pas aussi blindés que lui ! Laissez-le tranquille, le pauvre, il n'a pas supporté qu'on dise qu'il n'hésitait pas à piquer dans les caisses de l'État. Moi qui le connais bien, je peux vous dire qu'il y a des fois où il hésitait… Quand même, vous imaginez, on se souvient mieux de l'emploi fictif de sa femme que de son emploi réel de Premier ministre.

Pascal Papraud : Oui, et il n'y a pas que sa femme qui a bénéficié d'un emploi fictif, il a aussi fait travailler ses enfants comme avocats alors qu'ils n'avaient pas les diplômes.

Nina : Remarquez, François Hollande a bien été Président sans les compétences… Et ce pauvre M. Fillon, il n'est toujours pas tiré d'affaire : maintenant, c'est sa main droite qui lui réclame 50 000 euros pour avoir fait le même travail que sa femme.

Pascal Papraud : Ça me fait penser à l'expression « Derrière chaque grand homme se cache une femme ». Et derrière chaque femme de grand homme se cache un emploi fictif.

Nina : C'est beau, on dirait de la poésie. Moi aussi, j'écris des poèmes. J'en ai même fait un sur les emplois fictifs.

Pascal Papraud : Justement, tous ces emplois fictifs, ce n'est pas un peu gros ? Même très gros ?

Nina : C'est tout ?

Pascal Papraud : Oui.

Nina : Ah, non ! C'est un peu court, jeune homme !
On pouvait dire… Oh ! Dieu ! Bien des choses en somme.
En variant le ton, par exemple. Tenez :

Agressif : Moi, m'sieur, si j'avais un tel emploi,
Il faudrait sur-le-champ qu'on me traite de feignasse.

Amical : Aussi peu de boulot, ça peut se faire en terrasse !
Pour travailler, faites-vous fabriquer un hamac.

Descriptif : C'est un job, c'est une planque, c'est un taf.
Que dis-je, c'est un taf… C'est un boulot pour les nuls !

Curieux : À quoi sert cet endroit où l'on bulle ?
De dortoir, monsieur ? Ou de détournement d'impôts ?

Gracieux : Êtes-vous bon à ce point au bureau ?
Que vous soyez payé sans y mettre les pattes ?
Quand moi, j'ai demandé, on m'a prise pour une psychopathe.

Truculent : Ça, monsieur, lorsque vous travaillez,
Est-ce que l'on peut vous entendre ronfler,
Sans qu'un patron ne crie : « Vous, vous serez viré » ?

Dramatique : Il n'est plus dans le rouge, les jours de paie !

Admiratif : Pour un chômeur, quelle aubaine !

Naïf : Un emploi, quoi ?

Et enfin, Pôle emploi sur ce boulot : Les voilà donc, ces tâches payées par nos retraites.
Même leur crédit détruit, ils n'en rougissent pas, ces traîtres !
Et à la fin de l'emploi, ce sont eux qui touchent !

Pascal Papraud : Magnifique !

Nina : Merci. Je l'avais écrit comme plaidoirie pour Maître La Bajon afin qu'elle le récite au procès de Penelope Fillon. Ça a dû plaire, puisqu'elle a dit qu'elle avait eu des rappels.

Pascal Papraud : Au fait, qu'est-ce qu'elle devient, Penelope Fillon ? On n'a plus de nouvelles.

Nina : Bah, c'est comme avant : elle ne fout rien, sauf qu'elle n'est plus payée pour ça. Heureusement, il y a des femmes de grands hommes qui travaillent pour de vrai ! Tenez, Isabelle Balkany, elle a vraiment travaillé à la mairie de Levallois. Moi aussi, d'ailleurs. J'étais même là quand le grand malheur est arrivé à Patrick. J'étais choquée, on n'est pas habitué à voir un homme politique aller en prison. Le dernier qu'on a vu menotté, c'est DSK à New York. Au fait, Patrick et Dominique, vous connaissez leur point commun ? Ils sont tombés tous les deux pour une histoire de liquide à l'étranger.
Patrick a passé cinq mois en prison pour les 6,5 millions qu'il devait au fisc, soit plus d'un million par mois : je trouve ça injuste pour la parité hommes-femmes, car ça lui fait un meilleur salaire qu'à Penelope Fillon. Pauvre Patrick… La prison, ça a été extrêmement dur pour lui. Ils l'ont traité comme un détenu ordinaire, ils l'ont fouillé tout nu, eh bien, figurez-vous qu'ils ont encore retrouvé 80 000 euros ! Je me rappelle, le soir de son incarcération, j'étais devant la mairie de Levallois pour déposer un cierge. En voyant de la fumée blanche sortir de la cheminée, j'ai cru qu'ils faisaient comme pour le pape et qu'un nouveau maire venait déjà d'être élu. En fait, pas

du tout. La fumée, c'est parce qu'ils étaient en train de brûler les derniers dossiers de Patrick.

Pascal Papraud : Je vous sens vraiment touchée par l'incarcération de Patrick Balkany.

Nina : Oui… Isabelle et lui, je les connais depuis toujours. J'ai même fait le ménage dans leur villa Pamplemousse de Saint-Martin.

Pascal Papraud : Avoir une maison aux Antilles, c'est risqué. Ils n'ont jamais eu peur de la voir s'envoler ?

Nina : De toute façon, elle s'envole à chacune de leur déclaration de patrimoine… On est devenus de vrais amis, tous les trois ! J'ai même aidé Isabelle à faire évader Patrick de prison.

Pascal Papraud : Il est pourtant sorti par la grande porte.

Nina : Oui, c'est parce qu'il y a eu un petit souci : Isabelle s'est fait tatouer le plan de la prison sur le corps, comme dans *Prison Break*. Le problème, c'est que pendant l'évasion ils ont emprunté un tunnel qui ne faisait pas trop partie du plan… Je peux vous dire que Grain de riz, il a eu du boulot pour le remettre d'aplomb après ça !

Pascal Papraud : Vous aussi, vous l'appelez Grain de riz, le masseur cambodgien des Balkany ?

Nina : Oui, il est adorable. Je peux même vous l'appeler, si vous voulez un massage. Ça lui ferait du bien de sortir, parce qu'il a mal vécu le confinement… Ah ! ça, Grain de riz, il n'aime pas être cantonné…

La femme de ménage éclate de rire, puis fond aussitôt en larmes.

Pascal Papraud : Les Balkany vous manquent ?

Nina : Non. Je pleure parce que je pense à mon salaire. Maître La Bajon, j'ai vu ses honoraires. Gérald Darmanin m'a dit qu'il connaissait des filles qui prenaient moins que ça pour une heure. Moi, je connais le système : au tribunal, j'ai les moyens de garder le silence, mais pas ceux de me payer un avocat. On n'est pas tous égaux devant la loi. Prenez Cahuzac, par exemple…

Pascal Papraud : Il est passé devant le juge, non ?

Nina : Oui, il est passé, mais il ne s'est pas arrêté. Jérôme Cahuzac a dit les yeux dans les yeux à l'Assemblée nationale qu'il n'avait pas de comptes à l'étranger.

Pascal Papraud : Il a peut-être un strabisme ?

Nina : Aujourd'hui, il est tranquille chez lui au bord de sa piscine. Vous croyez que ça l'a dissuadé de recommencer ? Quand t'es petit, pour te faire peur, on te menace en disant qu'à trois ça va tomber, mais les enfants savent très bien qu'après trois il ne se passe jamais rien. Du coup, ils recommencent… Eh bien, chez les politiques, « à trois, ça va tomber… », on appelle ça « la prison avec sursis ». Le souci, c'est que les gens commencent à s'en rendre compte. Alors, ils se sentent obligés de donner de la prison ferme, mais plutôt que de les envoyer en prison ils leur mettent un bracelet électronique.
Quand je vois Isabelle Balkany sur le plateau de *Touche pas à mon poste !* ou Sarko au 20 heures de TF1, je me dis que ces bracelets doivent avoir une sacrée longue portée. D'ailleurs, j'étais impressionnée de voir Nicolas parler de sa condamnation dès le jeudi soir sur TF1. Pour le voir sur France 2, il fallait attendre *Faites entrer l'accusé* le lundi suivant. Et maintenant, Nicolas, il a un bracelet électronique comme les Balkany. Patrick et Isabelle, ils en ont un chacun. Ils sont

contents, ça leur permet de rester ensemble. Ils sont sacrément amoureux, tous les deux… et ils n'hésitent pas à le dire. D'ailleurs, leur amour, c'est le seul truc qu'ils ont déclaré.

Pascal Papraud : Finalement, le bracelet électronique avec l'assignation à résidence, c'est le même principe que le confinement.

Nina : Non, avec le bracelet électronique, c'est le virus qu'on confine. Nous, les petites gens, on n'a pas tous ces privilèges. Moi, si je vole, les bracelets qu'on va me passer aux poignets, ils ne sont pas électroniques et on ne me donnera pas l'immunité ménagère.

Pascal Papraud : Vous avez travaillé à l'Élysée ?

Nina : Oui, mais j'ai fini par me faire virer, parce qu'un jour j'ai fait mon travail. Ils ne sont pas habitués.

Pascal Papraud : Pour être femme de ménage de l'Élysée, vous avez dû faire de sacrées études. Vous avez un bac + 2 ? + 3 ?

Nina : Non, moi, j'ai juste un bac + de l'eau.

Pascal Papraud : Ce n'est pas beaucoup.

Nina : Dites, ça va ! Le jardinier, il n'a pas fait Sciences Pot non plus. C'est peut-être pour ça qu'à l'Elysée c'est moi qui aurai la plus petite retraite. Rien à voir avec la retraite des anciens Présidents. J'étais là pendant les dernières heures de M. Chirac et de M. Giscard. Pour demander si on devait les débrancher ou pas, c'est Jean-Pierre Foucault qui est venu poser la question.

Pascal Papraud : Pourquoi ?

Nina : Parce que c'est une question qui nous a fait gagner des millions ! Je plaisante, là, mais, M. Chirac, je l'ai accompagné jusqu'au bout. Quand les médecins l'ont envoyé à l'hôpital, je l'ai rassuré : « Ne vous inquiétez pas, monsieur Chirac, ce n'est pas la première fois que vous êtes mis en examen... » Je lui ai même pris la main dans les derniers instants. Il avait peur, alors je lui ai dit : « Il ne faut pas avoir peur de la mort, ça va être l'occasion de revoir tous ceux qui avaient voté pour vous à la mairie de Paris. »
C'est moi qui ai eu la lourde tâche d'annoncer la nouvelle à Bernadette. Je lui ai demandé si elle préférait qu'il soit enterré ou incinéré. Elle m'a répondu du tac au tac : « Enterré ! Il est mort, il est mort. Avec toutes les élections qu'il a gagnées, on ne va pas encore le faire sortir des urnes ! »
Je me suis toujours bien entendue avec les Premières dames. Quand je bossais pour M. Sarkozy, je faisais des soirées au coin du feu avec Carla Bruni. J'ai commencé à lui raconter ma vie et j'ai cru la voir verser quelques larmes. En fait, elle était trop près de la cheminée et son botox commençait à fondre... Il était rigolo, son petit mari. Dans sa salle de bains, il y avait plein de petits produits : de la gomina pour plaquer ses cheveux, du dentifrice pour blanchir ses

dents et un juge pour blanchir ses affaires. J'ai été impressionnée quand il a quitté l'Élysée : il n'y a pas eu besoin de déménageurs, ses affaires l'ont suivi toutes seules.

Le courant est très bien passé avec Valérie Trierweiler aussi. Elle m'avait confié qu'elle faisait des rêves prémonitoires. Un matin, elle est venue me voir tout affolée pour me dire qu'elle avait fait un cauchemar. Elle me dit : « J'ai rêvé qu'avec François, on se séparait… » Je lui ai répondu : « D'accord, mais c'était quoi, ton cauchemar ? »

Cela dit, elle avait vu juste, Valérie : quelques mois plus tard, François la quittait pour Julie Gayet. Je suis allée voir ses films, à Mlle Gayet, pour mieux la connaître. Puis, lorsque M. Hollande est parti à son tour, je me suis dit : « Elle aura passé la moitié du quinquennat avec lui, et même le rôle de Première dame, elle n'a pas su le jouer ! » J'étais au courant de leur liaison avant Valérie, mais j'ai préféré ne rien lui dire. Et pourtant, je l'ai vu, M. Hollande, faire la cour à Mlle Gayet… Elle lui faisait de l'effet, la Julie ! C'est simple, il n'y avait bien qu'en la regardant qu'il arrivait à inverser la courbe. Un soir, il a voulu jouer les romantiques, il est allé la chercher sur un tournage en deux-roues. Sauf qu'elle aussi était venue en scooter. Du coup, pour rentrer à l'Élysée, ils se sont suivis…

À la Saint-Valentin, il a privatisé son restaurant préféré. Très gentleman, il lui a dit : « Choisis ce que tu veux ! »

Julie hésitait, mais elle a fini par trancher :
« Je vais prendre le menu.
— Lequel ? Normal ou Maxi Best Of ? »

En plus, il est rigolo, M. Hollande. Je n'ai pas eu le temps de lui dire au revoir, il est parti un peu vite… Il a même laissé des affaires. Un jour, je suis tombée sur l'un de ses préservatifs, tout neuf ! Alors, pour montrer qu'à l'Élysée on ne recycle pas que les vieilles idées, je l'ai donné à M. Macron : « Vous ferez un ourlet. »
Une fois, je suis rentrée dans sa salle de bains, j'ai vu son kiki ! N'empêche, Brigitte, pour son âge, elle a de bons yeux… Au passage, dans votre livre, vous pourrez faire taire les rumeurs sur M. Macron. Parce que je peux vous dire que Manu et Brigitte, ils couchent bien ensemble. Ils font même des petits jeux coquins la nuit. Ils se donnent des petits noms dans le noir. Un soir, je les ai entendus : elle l'a appelé Brad, et lui, il l'a appelée Mbappé.
Je les trouve touchants. Chaque jour, Manu trouve une façon différente de dire à Brigitte qu'elle est belle. Ma préférée, c'est quand il lui a dit qu'elle est une véritable œuvre d'art, parce que ses varices bleues sur ses cuisses blanches, ça ressemble à un vase Ming.
Et Brigitte, je l'aime bien. Elle se prend pour Valérie Damidot : elle fait tout refaire à l'Élysée. C'est un peu comme la politique d'Emmanuel :

on commence par l'écouter et on finit dans le décor. Elle a même fait changer la vaisselle. 500 000 euros de vaisselle, vous vous rendez compte ! Une fois, j'ai eu une assiette entre les mains, elle valait 20 000 euros. Maintenant, elle en vaut deux fois 10 000... Le seul truc qu'ils n'ont pas changé à l'Élysée, c'est les fenêtres. M. Macron m'a dit : « Elles isolent super bien, on n'entend rien de ce qu'il se passe dans la rue. » Pourtant, certains ministres se plaignaient d'entendre les manifestants : « Les pauvres crient tellement fort qu'on ne s'entend plus péter dans la soie ! »
Parfois, le Président me demandait mon avis sur certains sujets : si j'étais pour ou contre les vaccins, pour ou contre le port du voile, pour ou contre la sortie du Royaume-Uni de l'Europe... Aujourd'hui, il faut être pour ou contre un sujet. Est-ce qu'on peut avoir un peu de respect pour ceux qui n'en ont rien à faire ? Après le Brexit, Marine Le Pen proposait le Frexit... Moi, je lui ai proposé le Cuexit.

Pascal Papraud : Le Cuexit ?

Nina : Oui, ça consiste à se sortir la tête du cul.

Maître La Bajon est de retour dans le bureau.

Maître La Bajon : Elle bavarde, elle bavarde... et pendant ce temps-là, elle ne bosse pas ! Elle a appris ça à l'Élysée. Alors là, si se plaindre rapportait de l'argent, elle serait multimilliardaire !

Évidemment, il y a des riches, il y a des pauvres… On ne va pas refaire le monde !

Nina : Et pourquoi on ne le referait pas ?

Maître La Bajon : Allez, vous pouvez rentrer chez vous, même si vous n'avez rien foutu. Ce n'est plus une femme de ménage, c'est un quinquennat présidentiel.

Pascal Papraud : Attendez, elle n'a pas rien fait ! Et de toute façon, même si elle n'avait rien fait, rien, c'est toujours plus que ce que fait la justice française dans une affaire de femme battue.

Maître La Bajon : Qu'est-ce vous voulez que je vous dise ? Si ces affaires-là rapportaient plus d'argent, on s'en occuperait mieux ! La justice préfère traiter les divorces plutôt que les violences conjugales. Quand les gens se marient, on leur dit que c'est jusqu'à ce que la mort les sépare. Quitte à être séparé par quelqu'un dans une robe noire, ils préfèrent que ce soit par un bon avocat. Vous n'imaginez pas l'argent que peut rapporter un divorce ! Pour qu'une violence conjugale rapporte autant, il faudrait que le combat se passe sur un ring et qu'on puisse parier.

Pascal Papraud : Mais, même dans les cas de divorce, on a l'impression que le dossier n'a pas été lu, en tout cas pas correctement, lorsque le jugement est rendu.

Maître La Bajon : C'est normal, en ne le lisant pas,

on a de grandes chances de se planter complètement sur le verdict. Ça incite les gens à faire appel et ça fait plus d'honoraires.

Pascal Papraud : C'est tellement frustrant de constater que la justice est devenue comme l'hôpital : un tiroir-caisse… Si elle traite en priorité les affaires qui rapportent le plus, pourquoi on ne s'occupe pas en urgence des affaires de pédophilie qui mettent en cause des personnes richissimes ? Pour une fois, il y aurait plus d'argent à toucher que de mineurs. Une affaire comme celle du réseau pédophile d'Epstein suicidé contre son gré : si on faisait payer les coupables, ça rapporterait beaucoup d'argent à la justice. Il paraît que sur la liste certaines personnalités seraient riches comme Rothsch… Disons Crésus, pour respecter leur anonymat.

Maître La Bajon : Ce que vous dites prouve bien que la justice fait passer l'humain au-dessus de l'argent. Enfin, uniquement quand l'humain fait partie des intouchables.

AFFAIRE N°14

DÉFENSE DE MACRON ET DE LA RÉPUBLIQUE EN MARCHE

EMMANUEL MACRON ET LA RÉPUBLIQUE EN MARCHE

Une voix provient du téléphone que Maître La Bajon tient dans sa main.

Maître La Bajon : Oh ! mon Dieu, je n'avais pas raccroché ! Allô, Manu ? Rassurez-moi, vous n'avez rien entendu ? Oui, je suis bête, je m'inquiète pour rien. En même temps, ce qu'on pouvait entendre, tout le monde est déjà au courant, et ce n'est pas ça qui fera changer la loi… Allez, bisous, Manu !

Elle raccroche.

Maître La Bajon : Excusez-moi, le Président me demandait des conseils pour ses allocutions…

Pascal Papraud : C'est vous qui lui avez conseillé un orthophoniste ? Parce qu'il parle de mieux en mieux, il ne zozote plus du tout, il n'a plus du tout de cheveu sur la langue.

Maître La Bajon : Ça, c'est depuis qu'ils ont débloqué un budget pour la Première dame. Maintenant, Brigitte a les moyens de se faire le maillot. Entre nous, quoi de mieux qu'un Président avec un cheveu sur la langue pour en remplacer un qui avait un poil dans la main ? Franchement, vous ne pouvez pas dire que ce Président ne fait rien, il s'est mis au travail dès le début de son mandat. C'est simple, en à peine un an, il avait déjà réussi à nous faire regretter François Hollande.

Pascal Papraud : D'ailleurs, M. Hollande n'hésite pas à tacler M. Macron dès qu'il peut. Il est même allé jusqu'à dire que ce n'était pas le Président des riches, mais des très riches. Il est aussi accusé d'avoir été mis en place par les lobbys et les grosses fortunes. Cela dit, pourquoi Macron plutôt qu'un autre ?

Maître La Bajon : Parce que c'était l'année des M. Je le défends, car, s'il y en a un qui peut se rebeller contre ceux qui sont au-dessus, c'est bien lui. Emmanuel Macron Président ne l'a pas encore fait, mais l'homme, oui. Il est allé à l'encontre de la première autorité à laquelle on est confronté dans une vie : ses parents. Ils étaient opposés à sa relation avec Brigitte. Ça veut dire que si l'homme peut se rebeller pour la femme qu'il aime, le Président peut le faire pour le pays qu'il dit aimer. Et s'il en est incapable, c'est juste que l'homme n'était pas fait pour être Président.

Pascal Papraud : Mais les contraintes d'un Président ne sont pas les mêmes que celles d'un homme marié.

Maître La Bajon : Vous avez raison. Celles d'un homme marié sont beaucoup plus compliquées. D'ailleurs, quand ils se sont rencontrés, Brigitte était avec un banquier qu'elle a quitté pour Manu, qui est devenu banquier à son tour !

Pascal Papraud : Et il n'y a rien eu entre les deux ?

Maître La Bajon : Si, un crédit relais.

Pascal Papraud : En tant qu'ancienne prof, c'est bizarre qu'on n'ait pas entendu Brigitte Macron défendre les « stylos rouges », ces professeurs qui manifestaient pour dénoncer leurs conditions de travail.

Maître La Bajon : C'est parce qu'elle est favorable à l'augmentation du nombre d'élèves par classe. Si les classes passent de 26 à 40 élèves, elle se dit que, la prochaine fois, elle aura plus de choix.

Pascal Papraud : Les conditions de la rencontre du couple présidentiel ont fait couler beaucoup d'encre. Et ce n'est pas fini.

Maître La Bajon : C'est normal… Qui n'aime pas lire des contes de fées ?

Pascal Papraud : Vous avez raison. Emmanuel Macron, c'est un peu notre prince charmant. Il a réussi à réveiller des Français qui dormaient depuis plus de cent ans. Quant à Brigitte, c'est la version féminine de Robin des Bois. En prenant la suite de l'opération Pièces jaunes de Bernadette Chirac, elle va redonner aux hôpitaux l'argent que son mari leur a pris.

Maître La Bajon : Je vous l'accorde pour Emmanuel, mais pas pour Brigitte ! Les pièces jaunes ne vont pas au personnel hospitalier, elles vont aux personnes hospitalisées. Brigitte m'a expliqué qu'elle avait fait ça pour reconquérir le cœur d'Emmanuel : « Il ne m'aimera jamais autant que si je deviens une mutuelle complémentaire… »

Pascal Papraud : On ne peut plus dire que les Présidents favorisent leur femme. On dit que Nicolas Sarkozy et François Hollande ne se sont pas attaqués au statut d'intermittent du spectacle, car l'un vit avec une chanteuse et l'autre avec une actrice.

Maître La Bajon : C'est fini, ce temps-là ! Regardez Manu, ça ne l'a pas empêché de s'attaquer aux retraites.

Pascal Papraud : On parlait des mutuelles complémentaires, mais la réforme des retraites, c'est destiné à favoriser les organismes qui vendent des retraites complémentaires. Finalement, ça confirme ce que disait M. Hollande : M. Macron travaille pour les groupes de multimilliardaires.

Maître La Bajon : Et alors ? Manu, lui, au moins, il sait dire merci. Si on vous offrait un palais en plein Paris payé 15 000 euros par mois avec des jets privés à disposition, vous n'accepteriez pas de baisser votre froc, vous ? Vous croyez que Total demande la permission au Président avant de créer un nouveau site de forage ? Vous croyez qu'il peut dire non quand une banque lui demande quelque chose ? Il ne peut pas, voilà. Et quand les grandes compagnies d'assurances privées lui demandent de laisser mourir en silence le système de santé public, vous ne croyez pas qu'il a envie de hurler ? Il y a un petit bonhomme sous tout cet argent. Moi, je peux vous assurer qu'il fait tout pour être proche des gens. Il va même jusqu'à s'habiller en fonction des gens qu'il rencontre. Quand il monte à bord d'un sous-marin, il s'habille en sous-marinier, quand il va dans une usine, il met un casque d'ouvrier. J'ai hâte qu'il aille rendre visite aux vacanciers au Cap-d'Agde.

Pascal Papraud : Finalement, le seul costume dans lequel les gens ne l'ont jamais vu, c'est celui de père Noël. Pourtant, dans les deux cas, c'est celui qui tient les rênes qui fait les cadeaux.

Maître La Bajon : Les rennes ? Vous voulez dire les rênes ?

Pascal Papraud : Euh, oui… Les rênes, quoi.

Maître La Bajon : C'est vrai, on peut dire qu'il en fait, des cadeaux. À commencer par la suppression de l'ISF. Il faut arrêter de claironner qu'il ne fait des cadeaux qu'aux riches, il en fait aussi aux gens qui ont fait partie de son équipe de campagne. Tenez, Sibeth Ndiaye était sa chargée de communication quand il était candidat. Eh bien, le soir des résultats, avant d'aller faire la fête, elle m'a confié qu'elle avait priorisé son boulot : elle a pris la télécommande et elle s'est mise à zapper pour vérifier sur toutes les chaînes que Manu avait bien gagné ! Vous en connaissez beaucoup, vous, des personnes aussi consciencieuses qu'elle ? Elle ne sait peut-être pas placer un masque, mais au moins elle sait se placer, elle. Non, c'était cohérent qu'il la nomme porte-parole…

Pascal Papraud : N'empêche, elle s'en est pris plein la figure pendant le premier confinement. Elle est passée pour une incompétente.

Maître La Bajon : La pauvre ! Elle s'est retrouvée parachutée là sans personne pour l'aider. Je me souviens, pendant la crise sanitaire, elle m'appelait pour se plaindre : « Comment ils veulent que je comprenne le Covid-19 ? Je n'ai même pas vu le 1 ! »

Pascal Papraud : S'ils ont fini par l'envoyer chercher des talents au sein de La République en marche, c'est sans doute pour être sûrs de ne pas la revoir.

Maître La Bajon : Mais non ! LaREM, c'est une mine de talents.

Pascal Papraud : Sauf que là, on est plutôt sur de la mine antipersonnel : à chaque fois qu'on tombe sur un de ces nouveaux « talents », ça nous coûte un bras ! Et puis, si notre Président pense que son parti est une mine d'or, pourquoi ferme-t-il les yeux sur les forages miniers qui détruisent la forêt de Guyane, au lieu de leur proposer de forer dans son propre parti pour trouver le précieux métal ?

Maître La Bajon : Oui, LaREM est une mine de talents en or. La preuve, Sibeth n'est pas la seule promue dans l'équipe de campagne de Manu. Benjamin Griveaux l'a été aussi. Je l'ai, d'ailleurs, sa fameuse vidéo, celle dans laquelle il s'adonne à un plaisir solitaire. Vous l'avez vue ?

Pascal Papraud : Non, je la regarderai à l'occasion.

Maître La Bajon : On peut la regarder maintenant si vous voulez, j'ai du pop-corn. Ça m'étonne que vous ne l'ayez pas vue, cette sextape, elle a fait scandale pendant la campagne municipale. Au bout du compte, il a fini par tout lâcher.

Pascal Papraud : Mais… ne me racontez pas la fin !

Maître La Bajon : Vous ne ratez pas grand-chose, je connais bien le dossier. Je l'ai défendu en faisant valoir qu'auparavant il était porte-parole du gouvernement. Cette vidéo était une traduction en langage des signes de ce que le gouvernement avait à faire du peuple.

Pascal Papraud : Agnès Buzyn s'est présentée à sa place pour essayer de faire oublier ce scandale. On voit bien que ça n'a pas marché. Aujourd'hui encore, on continue à parler de cette vidéo.

Maître La Bajon : Agnès Buzyn a été aussi douée pour masquer l'affaire Griveaux que pour masquer le personnel soignant… Croyez-moi, pour que LaREM remporte la mairie de Paris, il aurait fallu remplacer Benjamin par un élément très actif. À leur place, j'aurais proposé son bras droit.

Pascal Papraud : On ne voit même pas son visage dans cette vidéo. Ça aurait pu être n'importe qui.

Maître La Bajon : C'est Marlène Schiappa qui l'a reconnu ! Elle aussi fait partie des talents de La République en marche. Même si les mauvaises langues colportent qu'elle est comme ses réformes : pas finie.

Pascal Papraud : Quand vous dites qu'elle fait partie des talents, vous faites référence à ses tutos coiffure sur Instagram ?

Maître La Bajon : Non, pas du tout. Même si, personnellement, je considère ses tutos coiffure comme une merveille du monde.

Pascal Papraud : Pardon ?

Maître La Bajon : Mais regardez un peu ses cheveux, vous aviez déjà vu autant de trucs qui poussent au-dessus du vide depuis les jardins de Babylone ?

Pascal Papraud : Si ce n'est pas pour ses tutos coiffure que M. Macron l'a repérée, c'est peut-être pour les livres roses qu'elle a écrits avant ? Leurs titres sont d'ailleurs assez évocateurs.

Maître La Bajon parcourt sa bibliothèque et saisit un livre qu'elle offre au journaliste.

Maître La Bajon : Puisque vous en parlez, voici son dernier chef-d'œuvre en date. Elle y évoque son propre parti et l'a intitulé : « En Marche avant, en Marche arrière, comment veux-tu, comment veux-tu ? »

Pascal Papraud ouvre le livre.

Pascal Papraud : Waouh ! Elle vous l'a même dédicacé ! Enfin bon… Un mot, une faute… Je ne sais pas si on doit appeler ça une dédicace ou un sous-titre de BFM TV…

Maître La Bajon : Lisez-le à voix haute, ça effacera les fautes.

Pascal Papraud : « Si notre Président m'a choisie comme symbole des femmes, prépare-toi à ce qu'il prenne Balkany comme symbole de la justice. LOL. » Elle a de l'humour, quand même.

Maître La Bajon : Oui, mais surtout, vous ne remarquez pas son talent de prémonition ?

Pascal Papraud : Où voyez-vous de la prémonition là-dedans ? M. Macron ne compte quand même pas nommer Patrick Balkany ministre de la Justice ?

Maître La Bajon : On ne sait jamais… En attendant, il a nommé son avocat.

Pascal Papraud : Ah oui, c'est vrai ! M. Dupont-Moretti avait pourtant affirmé qu'il ne ferait jamais de politique.

Maître La Bajon : C'est la preuve qu'il était fait pour ce métier, Éric. Vous voyez, il commence sa carrière par un mensonge. À ce rythme, il a toutes les chances de finir Président.

Pascal Papraud : Quand même, entre Mme Schiappa à l'égalité hommes-femmes, l'avocat de Balkany à la justice, la directrice des affaires publiques de Danone à l'écologie… ça laisse songeur sur la façon de composer un gouvernement.

Maître La Bajon : Ça donne surtout un espoir à François Fillon de finir ministre du Travail.

Pascal Papraud : Ce serait donc sur la base de ses livres et de ses prémonitions que le chef de l'État aurait repéré Marlène ?

Maître La Bajon : Non, il l'a repérée parce qu'elle était sa plus grande fan. Elle admirait son ambition… La première fois qu'elle lui a parlé, c'était pour le flatter. Elle s'est inspirée de sa fable préférée pour se dégoter un boulot. Elle lui a dit :
« Eh ! Bonjour, monsieur Macron.
Que vous êtes joli ! Que vous me semblez beau !
Que vos dents sont longues ! Si le reste est en proportion, c'est Brigitte qui doit être ravie. »
Sensible à la flatterie, Maître Macron lui lâcha un poste.

Pascal Papraud : Mais pourquoi lui avoir donné d'emblée ce poste de secrétaire d'État chargée de l'Égalité entre les femmes et les hommes ?

Maître La Bajon : C'était très calculé de la part du Président, qui est aussi un grand fan de l'écrivaine Françoise Giroud. Elle est connue entre autres pour une phrase devenue célèbre : « Il y aura une égalité entre l'homme et la femme le jour où l'on donnera un poste important à une femme incompétente. » Je vous l'accorde, même si Nadine Morano avait déjà bien ouvert la voie, il s'est dit que, grâce à Marlène Schiappa, les femmes n'auraient plus rien à envier aux hommes.

Pascal Papraud : Ce n'est pas un peu misogyne, comme réflexion ?

Maître La Bajon : Peut-être, mais c'est drôle. Vous n'avez donc aucun humour, les journalistes ? En plus, j'ai le droit de le dire : je suis une femme !

D'ailleurs, je trouve ça nul, ce principe. On ne peut plus rire de rien, on ne peut plus rien dire si on ne fait pas partie de la cible ! Il n'y a plus que les Noirs qui ont le droit de faire des blagues sur les Noirs, il n'y a plus que les gays qui ont le droit de faire des blagues sur les gays, etc. C'est pénible ! Remarquez, l'avantage, c'est qu'on n'est pas près d'entendre Marlène faire des blagues sur les intellos.

Pascal Papraud : Depuis qu'elle a été bombardée secrétaire d'État puis ministre, elle a quand même trouvé le temps d'écrire des livres et de faire des tutos coiffure…

Maître La Bajon : Oui ! Ce sont ses parents qui sont les plus heureux dans tout ça. Ils sont même allés voir Manu pour le remercier : « Monsieur le Président, depuis qu'elle est petite, on ne sait pas quoi faire de Marlène. Aujourd'hui, on est rassurés, parce qu'on voit que vous non plus. »
Pourtant, Manu sait prendre soin des membres de son gouvernement. Il leur organise même des sorties éducatives. La semaine dernière, il les a envoyés au Salon des Miroirs, c'est le seul endroit où il peut les voir réfléchir.

Pascal Papraud : Avec tous les dossiers qui sortent sur ses ministres, on se demande si pour Emmanuel Macron la principale opposition ne viendrait pas de son propre camp.

Maître La Bajon : Ce n'est pas faux. C'est pourquoi beaucoup de ministres se sont succédé depuis le début. Vous vous souvenez de Christophe Castaner ?

Pascal Papraud : Oui, l'ancien ministre de l'Intérieur. Pendant que les manifestants et les CRS se tapaient dessus, il allait draguer en boîte de nuit. Ça a choqué la France entière, d'autant plus qu'il était marié.

Maître La Bajon : Pauvre Christophe… Je me rappelle l'avoir défendu auprès de sa femme en lui disant ces mots pleins de bon sens : « Toute la journée, avec les CRS, il charge. C'est normal que le soir il décharge. »

Pascal Papraud : C'était des soirées assez arrosées. Il paraît même que sous l'effet de l'alcool il aurait enfilé un gilet jaune.

Maître La Bajon : Pas du tout, il a enfilé *une* Gilet jaune.

Pascal Papraud : Le Président devait quand même bien se douter que c'était risqué de nommer ministre de l'Intérieur un ancien proche du grand banditisme marseillais…

Maître La Bajon : Oui, mais il ignorait le passé de Christophe. Ce sont les anciens amis gangsters de M. Castaner qui ont appelé notre Président pour lui demander comment Christophe avait fait pour si mal tourner.

Pascal Papraud : Lorsqu'il a dû quitter le gouvernement, M. Castaner a-t-il songé à retourner travailler dans le grand banditisme ?

Maître La Bajon : Oui, mais ils ont refusé. Ils lui ont dit : « Dans la mafia, on a un code d'honneur, quand même. De toute façon, tu risquerais de t'ennuyer avec nous, on n'est pas au niveau du banditisme que tu as côtoyé en faisant de la politique. »

Pascal Papraud : D'autres membres du gouvernement ont démissionné…

Maître La Bajon (l'interrompant) : Vous noterez au passage que c'est la première entreprise française qui n'a jamais licencié personne. Généralement, dans les entreprises où les démissions sont plus nombreuses que les licenciements, le problème vient du manager.

Pascal Papraud : Je suis d'accord avec votre raisonnement, Édouard Philippe a démissionné alors qu'il n'avait pas d'affaire.

Maître La Bajon : Oui, pauvre doudou… Vous saviez que c'est Manu qui l'appelait « doudou » ? Ça lui allait très bien. Un doudou, c'est un vieux truc qu'on n'ose pas jeter.

Pascal Papraud : D'ailleurs, la nomination de cet ancien maire du Havre comme Premier ministre avait surpris tout le monde.

Maître La Bajon : Pour Manu, c'était pourtant une évidence : quoi de mieux que le maire d'une ville portuaire pour mener les gens en bateau ? Sauf qu'Édouard ne s'attendait pas à avoir autant de houle. Il a tellement stressé lorsqu'il était en exercice qu'il s'est retrouvé avec la barbe tachée. Le pauvre, on dirait qu'il s'est pris une bifle à l'eau de Javel !

Pascal Papraud : C'est dans la même logique qu'Emmanuel Macron a nommé Jean Castex pour lui succéder ?

Maître La Bajon : Oui, il s'est dit que ça allait amuser les Français. Avant, on avait le gars avec la tache ; maintenant, on n'a plus que la tache. D'ailleurs, tout est calculé depuis le début, même les initiales de son parti : En Marche… EM…

Pascal Papraud : Effectivement, ce sont aussi les initiales d'Emmanuel Macron ! Mais, à mon avis, ce qu'il n'avait pas calculé, c'était d'en baver autant depuis le début de son mandat. Entre autres, avec tous les Français qui sont descendus dans la rue, puis le virus… On sent même que ça l'a marqué physiquement, on dirait qu'il a pris un petit coup de vieux…

Maître La Bajon : Oui, il est complètement défiguré, le pauvre. Il s'est pris cinquante ans de politique française en pleine face.

AFFAIRE N°15

DÉFENSE DU CORONAVIRUS

LE CORONAVIRUS

Pascal Papraud : Notre pauvre Président, il aura tout eu. Même le Covid !

Maître La Bajon : Eh oui ! Pauvre Covid… Mais rappelez-vous bien qu'on dit « la » Covid ! Un truc qui travaille aussi longtemps sans qu'on l'entende se plaindre, ça ne pouvait pas être masculin…

Pascal Papraud : Ce virus, au début, il faisait peur. Maintenant, on a appris à vivre avec. Il y en a même qui trouvent ça bien. Finalement, est-ce que le virus n'aurait pas piqué la stratégie de dédiabolisation de l'extrême droite ?

Maître La Bajon : Si vous cherchez à politiser le virus, on peut aussi le comparer à Mélenchon : il va dans le sens du vent.

Pascal Papraud : Mais, dans ce cas, il peut être de n'importe quel parti.

Maître La Bajon : Oui ! Mettre la France à terre, créer de la dette, faire fermer des petits commerces, diviser les gens… En un an, ce virus aura fait autant de dégâts que tous les gouvernements français en plus de cinquante ans.

Pascal Papraud : À votre avis, pourquoi la France a-t-elle mis autant de temps avant d'agir contre le virus ?

Maître La Bajon : Parce qu'au début, ce truc qui faisait autant de mal aux vieux, on a cru que c'était la réforme des retraites.

Pascal Papraud : Une fois de plus, ce sont les personnes âgées qui en ont le plus pâti. Ça démontre que, depuis la canicule de 2003, on ne prend pas davantage soin de nos aînés. Il existe pourtant une journée de solidarité où l'on travaille gratuitement pour eux : le lundi de Pentecôte.

Maître La Bajon : Oui, mais je me dis qu'ils auraient mieux fait de prendre le jeudi de l'Ascension. Parce que le pognon, c'est comme Jésus : beaucoup l'ont vu monter, mais personne ne l'a jamais vu redescendre.

Pascal Papraud : Pour en revenir à la réforme des retraites, on ne sait pas vraiment si elle est passée ou pas ? La pandémie a tout arrêté.

Maître La Bajon : Vous voyez, ce n'est même pas l'opposition qui a fait stopper les réformes en cours ! Comme quoi, un virus est plus efficace que des parasites.

Pascal Papraud : Oui... D'ailleurs, pendant le confinement, quand je voyais l'Assemblée nationale vide à la télévision, je ne savais pas si c'était du direct ou des images d'archives.

Maître La Bajon : Ça devait être des images d'archives, parce que pendant le premier confinement on a parlé des livreurs, des caissières... Mais personne n'a pensé aux députés qui étaient obligés d'aller jusqu'à l'Assemblée pour faire passer des lois, comme celle qui permet de faire travailler les gens plus de 60 heures par semaine.

Pascal Papraud : Dans les lois votées pendant le confinement, il y a la loi que Laetitia Avia a portée tout en l'appelant « l'amendement des PD ». On a découvert au passage qu'elle avait des propos racistes et homophobes envers ses collègues.

Maître La Bajon : Je la défends, Laetitia ! Elle-même a été victime de racisme, du coup elle est dans l'agressivité. Le racisme fait beaucoup de mal, notamment aux personnes d'origine asiatique insultées dans le métro au début de la pandémie. Entre nous, dans les transports, il y a bien pire que le coronavirus. Il y a le « cojonesvirus ».

Pascal Papraud : Hein ? Qu'est-ce que c'est que ça ?

Maître La Bajon : Ce sont les couilles qui se rétractent dès qu'il s'agit d'intervenir quand une femme se fait agresser dans le métro.

Pascal Papraud : En attendant, beaucoup de gens en veulent toujours à la Chine. Certains membres du gouvernement ont même affirmé que les autorités chinoises avaient menti sur le nombre de victimes. C'est un peu comme la déclaration de patrimoine de nos ministres : tout n'a pas été déclaré.

Maître La Bajon : Voyez le bon côté : grâce au coronavirus, on a trouvé un truc qui fait plus peur aux Chinois que la démocratie. La France souffre d'un complexe d'infériorité vis-à-vis de la Chine. À Wuhan, ils ont monté un hôpital en dix jours. En France, la DDE cherche toujours une place pour garer la camionnette.

Pascal Papraud : Bâtir trop rapidement, ce n'est pas forcément un bon exemple. Regardez les constructions de stade pour la Coupe du monde au Qatar : là-bas, cet esclavagisme moderne aura fait plus de 6 500 victimes, alors que le virus n'en a pas fait plus de 300. Ce n'est pas pour autant qu'ils ont pris des mesures aussi drastiques.

Maître La Bajon : Qu'aurait dû faire la France ? Placer le PSG en quarantaine ? Récupérer tout le patrimoine qu'elle leur a vendu ? Exiger que les joueurs jouent à 1,50 mètre les uns des autres ? Concernant ces méthodes esclavagistes, le gouvernement français fera comme les joueurs en cas de faute : ils vont crier et se rouler dans tous les sens pour faire pleurer dans les chaumières.

Pascal Papraud : La Fifa aussi a fermé les yeux là-dessus…

Maître La Bajon : J'ai défendu la Fifa dans ses affaires de corruption lors des Coupes du monde. Ça a été l'occasion de mettre en valeur l'ouverture du Qatar. Pour un pays régi par des lois réprouvant la consommation d'alcool, il y a du progrès : ils commencent à distribuer des pots-de-vin.

Pascal Papraud : Voilà une défense aussi solide que le stade de Furiani.

Maître La Bajon : Oui, au Qatar, il y a plus de victimes de l'esclavage que de la Covid. Oui, il y a plus de victimes du tabac que de la Covid. Et pourtant, on a le droit de retirer son masque pour fumer dans la plupart des pays… On ne va pas classer les problèmes du monde par le nombre de victimes. On les classe en fonction de ce que rapporte le traitement. Sinon, on aurait fait d'une pierre deux coups : on confine dans un restaurant tous ceux qui meurent de faim et on règle la malnutrition mondiale. Allons, allons, soyons sérieux, mon petit bonhomme…

Pascal Papraud : Cette crise sanitaire a au moins pour elle de souligner des incohérences de traitements comme celle-ci. Et elle a permis aux personnels soignants de France d'être entendus, alors qu'ils manifestaient depuis des mois… Ce que tout le monde avait oublié.

Maître La Bajon : C'est normal qu'on ne les voie pas quand ils sont en grève : ils sont obligés d'aller travailler, on les oublie tout le temps. En fait, les soignants sont tellement souvent oubliés qu'ils doivent avoir l'impression d'être une date d'anniversaire dans la tête d'un mec.

Pascal Papraud : Pourquoi ne pas leur donner les moyens qu'ils réclament et leur accorder des augmentations ? Il y a de l'argent dans le milieu médical ! J'ai quand même vu des médicaments qui valaient deux fois le salaire d'une infirmière.

Maître La Bajon : C'est parce que le médicament, ça rapporte. Si l'infirmière veut bosser dans une meilleure boîte, elle n'a qu'à bosser dans celle du médicament.

Pascal Papraud : Les infirmières n'étaient pas les seules à tirer la sonnette d'alarme. Avant la crise sanitaire, beaucoup de médecins avaient démissionné pour dénoncer leurs conditions de travail.

Maître La Bajon : Est-ce qu'on a encore besoin de médecins dans un pays où le Président fait passer ses lois par ordonnances ? Si on continue à supprimer des postes dans les hôpitaux publics, il y aura autant de personnels que de traitements efficaces.

Pascal Papraud : Beaucoup se reconvertissent. J'ai un ami ambulancier qui est devenu livreur de pizzas. Il m'a dit : « Au moins, une pizza, quand ça arrive froid, ça n'entre pas dans les chiffres de la Covid. »

Maître La Bajon : J'aurais tendance à rejoindre mon ami Yves Calvi, il faut arrêter avec la pleurniche permanente du personnel hospitalier. Il y a des gens qui se portent très bien dans les hôpitaux.

Pascal Papraud : Ah bon ? Qui ça ?

Maître La Bajon : Les actionnaires.

Pascal Papraud : Tant que les problèmes du milieu hospitalier ne seront pas réglés, ils seront obligés de confiner dès qu'un nouveau virus arrive. Ne serait-il pas plus judicieux de traiter le mal à la racine ?

Maître La Bajon : Au contraire ! Les Français devraient profiter du confinement : c'est le seul domaine où le gouvernement nous a donné plus que ce qu'il nous avait promis. Cette situation est complètement inédite ! Vous vous rendez compte, une prise d'otages où le ravisseur est connu de tous…

Pascal Papraud : Il ne faudrait pas que ça devienne la solution dès qu'il y a une épidémie.

Maître La Bajon : Mais notre Président compte dessus pour remonter dans les sondages. S'il a multiplié les confinements, c'est juste parce qu'il espérait que beaucoup finissent par être atteints du syndrome de Stockholm.

Pascal Papraud : Vous voulez dire qu'il veut être aimé par les Français ? Côté affectif, il a déjà son épouse.

Maître La Bajon : Oui, mais pendant les confinements Brigitte n'a pas été très affectueuse avec lui. Elle a mal vécu cette période. Elle a fait plein d'achats, elle a coûté très cher à Manu, elle lui a fait dépenser tellement d'argent que maintenant il l'appelle « Dyson », parce qu'elle coûte plus cher que ce qu'elle aspire.

Pascal Papraud : Et vous, comment avez-vous vécu cette période ? Vous n'avez pas eu trop de pertes financières ?

Maître La Bajon : Au premier confinement, j'ai dû emprunter de l'argent à mes grands-parents. Au deuxième, l'avantage, c'est que je n'ai pas eu à le leur rendre…

Pascal Papraud : Ah ? Vous avez donc perdu des proches du coronavirus ?

Maître La Bajon : Oui, ma mère, ma grand-mère, deux tantes, mon mari et mes deux gamins. Dieu merci, je n'ai perdu personne que j'aimais. Moi qui avais toujours rêvé que mon mari me ramène un sac, là c'est un sac qui m'a ramené mon mari… Et vous ?

Pascal Papraud : J'ai eu de la chance, même si je ne pouvais pas aller voir ma grand-mère à l'Ehpad, elle n'a pas perdu le moral. Heureusement, elle était dans le même établissement que la grand-mère de Kendji Girac, ça leur a mis du baume au cœur quand il leur a envoyé un message vidéo.

Maître La Bajon : C'est la preuve qu'il l'aime bien, sa grand-mère, sinon il aurait envoyé une chanson. Il y a d'autres chanteurs qui ont fait parler d'eux. Patrick Bruel, par exemple, il aurait bien aimé que son dernier album soit autant écouté que le Conseil scientifique…

Pascal Papraud : Qu'est-ce qui rend le Conseil scientifique si important ?

Maître La Bajon : Ce sont les seuls Français

que le gouvernement écoute. En même temps, ils n'ont pas fait dix ans d'études pour se taire. Il y a un moment où il faut rentabiliser, aussi…

Pascal Papraud : D'ailleurs, avant le virus, quand des gens descendaient dans la rue pour réclamer juste de quoi vivre, ils n'obtenaient rien… Grâce au coronavirus, on s'est rendu compte d'une chose : quand il veut, le gouvernement peut trouver de l'argent.

Maître La Bajon : Comme quoi, on a plus de chances de trouver un petit billet dans les caisses de l'État qu'un médecin sans conflit d'intérêts à l'OMS.

Pascal Papraud : Ça veut dire que, pendant toute la pandémie, le destin de la France a reposé sur le Conseil scientifique ? Des gens qui, en fait, n'y connaissaient rien et qui agissaient pour eux-mêmes avec des conflits d'intérêts ?

Maître La Bajon : Et alors ? Ça change quoi par rapport au monde d'avant ? On ne peut pas dire que notre Président n'a pas fait son boulot. Un banquier, c'est fait pour créer des dettes et pour empocher les intérêts…

Pascal Papraud : Et ça profite à qui ?

Maître La Bajon : Je ne sais pas, il faut voir son fichier clients.

Pascal Papraud : La crise sanitaire a démontré qu'on n'a tellement plus confiance dans nos dirigeants que, même quand ils nous veulent du bien, on ne les croit plus. Il y en a qui vont jusqu'à dire que les gestes barrières et la distanciation physique, entre autres, permettent de tester le degré d'obéissance des gens.

Maître La Bajon : Oui, et vous avez bien fait de dire « distanciation physique » et non « sociale ». La distanciation sociale, ça existait déjà. La différence, c'est qu'avant on divisait les Français. Maintenant, on les écarte.

Pascal Papraud : On dresse même les jeunes contre les vieux. On veut les culpabiliser en les accusant d'être involontairement responsables de la disparition de leurs aînés.

Maître La Bajon : C'est faux, c'est peut-être juste pour hériter plus vite ! Plus il y a de restrictions, plus on a d'excuses pour culpabiliser les gens en claironnant que la situation empire parce qu'ils ne les ont pas assez respectées. C'est la stratégie de l'arbre qui cache la forêt.

Pascal Papraud : Enfin, tant qu'il y a encore des arbres et des forêts... Si les gouvernements sont capables d'imposer des restrictions aux gens pour un virus qui fait moins de victimes que la pollution, pourquoi ne sont-ils pas en mesure d'imposer autant de contraintes aux entreprises polluantes ? Parce qu'ils ont moins de pouvoir sur elles ?

Maître La Bajon : Je ne vous permets pas de dire ça. Les gouvernements ont autant de puissance qu'un géant industriel. Regardez, en imposant les masques qui sont faits en polypropylène, ils ont été capables de déverser autant de pétrole sur le visage des Français qu'un pétrolier sur une plage bretonne.

Pascal Papraud : Autrement dit, d'ici cinquante ans, dans la nature, on aura plus de chances de retrouver des masques que le virus. Malgré tout, on notera que les Français ont plutôt bien respecté les consignes depuis le début de la pandémie.

Maître La Bajon : Oui ! Certains suivent tellement les directives que, le jour où le Premier ministre annoncera que pour se protéger il faut se mettre un doigt dans le cul en chantant du Bézu, on n'a pas fini de les entendre brailler « À la queuleuleu » !

Pascal Papraud : Après ça, effectivement, je n'irai pas leur serrer la main. Mais vous pensez que si le gouvernement en arrivait à sortir de tels propos les gens seraient prêts à les croire ?

Maître La Bajon : Il suffit de se souvenir du premier confinement, quand la vente à emporter a repris : ces files d'attente de plus de trois heures devant les McDo ! De toute évidence, il y a encore beaucoup de gens à qui on peut faire avaler n'importe quoi. Attention, je ne dis pas qu'ils sont cons. Je dis juste qu'après il ne faut pas venir se plaindre d'être pris pour des cons. Ça explique pourquoi les mesures qui sont prises sont toujours infantilisantes. Pour le plan Vigipirate, ils mettent des couleurs, pour le virus, des autocollants… C'est à se demander qui gère la sécurité du pays. Valérie Damidot ?

Pascal Papraud : C'est vrai qu'ils ont mis des flèches partout. La dernière fois que je suis allé à la préfecture, j'ai vu plus de flèches au sol que dans les bureaux.

Maître La Bajon : Dans l'administration française, les flèches, on ne les a jamais trouvées derrière les bureaux. En France, on a eu du retard sur les masques, les tests, les vaccins… Quand on a enfin reçu les masques, ils étaient trop grands. Je croyais que c'était parce qu'ils étaient fabriqués en Chine, mais pas du tout : c'est parce que, même à l'autre bout du monde, les Français ont la réputation d'avoir une grande gueule. Pour les vaccins, on a quand même été les premiers à crier à la conspiration, en claironnant qu'on voulait nous contrôler avec la 5G…

Pascal Papraud : Mais ça peut se comprendre. Apparemment, il faut au moins cinq ans de recul sur un vaccin pour en connaître l'efficacité.

Maître La Bajon : Cinq ans, ça va ! Du moment qu'on n'attend pas les retombées aussi longtemps que celles qu'on nous promettait après la suppression de l'ISF… On a au moins une chance de les voir de notre vivant. On n'a même pas besoin d'attendre aussi longtemps : on peut faire confiance aux laboratoires pharmaceutiques, ils ont toujours fait des tests avant de mettre leurs produits sur le marché.

Pascal Papraud : Vous parlez des tests qu'ils font sur les animaux ?

Maître La Bajon : Tenez-vous au courant, mon cher ! Il y a longtemps qu'ils ont arrêté de tester leurs médicaments sur des souris, c'était beaucoup trop inhumain. Maintenant, ils les testent sur des petits Africains.

Pascal Papraud : Mais chaque année des virus reviennent, ça oblige à se faire vacciner sans arrêt… Et certains vaccins, comme celui de Pfizer, nécessitent plusieurs injections.

Maître La Bajon : Et alors ? Ça vous pose un problème d'avoir plus de trous dans le corps que la défense du PSG ? Et puis, vous l'avez dit vous-même, le médical, c'est comme la justice : tant que ça rapporte, on fait durer.

Pascal Papraud : Ça ne rapporte pas toujours ! Prenez l'exemple du Mediator, ils ont dû verser 100 millions d'euros d'indemnités aux victimes.

Maître La Bajon : Le médicament leur a rapporté 600 millions, ça reste rentable. Les erreurs médicales, c'est comme les journaux à scandale : le procès qui suit la couverture avec la star à poil coûte toujours moins cher que ce que rapportent les ventes. Le labo de Mediator a quand même fait 500 millions d'euros de bénéfices. *Closer* et *Public* peuvent aller se rhabiller.

Pascal Papraud : Ça alors ! Je n'aurais jamais cru que les seins de Kim Kardashian rapportaient moins que la thyroïde de tata Jeannine. Ça voudrait dire que toutes les vies n'ont pas le même prix. Mais on n'est pas censés être tous égaux face à la mort ?

Maître La Bajon : Même la mort est corruptible. L'argent a toujours divisé le monde en classes sociales. C'était déjà le cas avant l'arrivée du coronavirus, pourquoi ce serait différent après ?

Pascal Papraud : Avec cette épidémie, la Terre entière a été touchée. Tout le monde y a beaucoup perdu.

Maître La Bajon : Pas tout le monde ! Les grosses fortunes ont déjà récupéré leur argent.

Pascal Papraud : Oui, mais selon les experts la plupart des gens vont mettre plus de dix ans à éponger leurs pertes.

Maître La Bajon : Eh bien, au lieu de crier à la polémique, ils n'avaient qu'à écouter la secrétaire d'État, Agnès Pannier-Runacher, qui, lors du krach boursier, a déclaré : « C'est le moment d'investir en Bourse. »
À New York, ils ont le loup de Wall Street. À Paris, on a la louve de Bercy.

Pascal Papraud : On a beaucoup à apprendre des loups… Ils font marcher les plus âgés en tête de meute pour ne pas les perdre. Nous, les seules fois où l'on fait marcher les vieux devant, c'est pour repérer où sont les mines. Au lieu d'apprendre d'eux, on permet de les chasser sous prétexte de protéger les troupeaux.

Maître La Bajon : Si on commence à s'en prendre aux loups qui s'attaquent aux brebis, ça va être l'hécatombe au Medef !

Pascal Papraud : Justement, pour clore sur l'épidémie, puisque n'importe qui pouvait l'attraper, y compris le Président, ce virus aurait pu tous nous placer sur un pied d'égalité, non ?

Maître La Bajon : Le problème, c'est que même sur un seul pied, tout le monde ne fait pas la même pointure. Mais je vous rassure, comme vous, j'ai un petit côté utopiste. À l'arrivée du virus, tandis que beaucoup disaient que c'était la fin du monde, moi, j'ai tout de suite pensé que c'était le début d'un nouveau.

AFFAIRE N°16

LES MÉDIAS

LES MÉDIAS

Pascal Papraud : Le coronavirus a fait s'effondrer l'économie mondiale, reprendre le dessus à la nature en ville, travailler les gens qui n'étaient pas considérés… Et il a montré qu'on n'écoutait pas ceux qui dénoncent depuis quarante ans la privatisation du système de santé.

Maître La Bajon : Comme quoi, même un virus dit plus de vérités qu'un journaliste de BFM TV.

Pascal Papraud : Vous trouvez logique qu'on se dise que cette pandémie est là pour envoyer un message ?

Maître La Bajon : Oui. Le tout est de savoir lequel.

Pascal Papraud : Vous appliquez une technique de dirigeant ? On sait bien qu'il n'y a rien de mieux pour ne pas céder à une revendication que de faire semblant de ne pas la comprendre.

Maître La Bajon : Ne sombrez pas dans le conspirationnisme, mon petit bonhomme.

Pascal Papraud : C'est la mode. Aujourd'hui, on ne dit plus « libre-penseur », on dit « conspirationniste ».

Maître La Bajon : Voilà ! Et dans deux secondes, vous allez me dire que tout ça est un complot pour nous contrôler et nous surveiller. Mais il faut vous réveiller, vous êtes déjà un pantin qu'on a à l'œil ! Pourquoi s'embêter avec de nouvelles techniques, alors qu'on est déjà assez cons pour être scotchés à nos smartphones ? Aujourd'hui, si vous tapez « canapé rouge » dans un moteur de recherche, vous vous retrouvez inondé pendant trois semaines de pubs sur le sujet dès que vous ouvrez une page web ou votre boîte mail.

Pascal Papraud : Je comprends mieux ! L'autre jour, j'ai laissé mes enfants utiliser mon ordinateur. Quand je l'ai récupéré, j'ai reçu les bandes-annonces des derniers films de Richard Berry !

Maître La Bajon : Et moi, la semaine dernière, je me suis perdue en ville. J'ai regardé un plan sur un arrêt de bus, c'était écrit : « Vous êtes ici ! » Je me suis demandé comment ils pouvaient savoir où j'étais, alors qu'ils ne sont déjà pas capables de surveiller les fichés S... Comment voulez-vous qu'ils créent un virus pour surveiller les gens ? Si vous sous-entendez que c'est pour diminuer le nombre d'humains sur Terre, sachez qu'on a quand même beaucoup mieux qu'un virus dans les éprouvettes. Je vous rappelle que plus de 99 %

de la population mondiale ont survécu… Je veux bien qu'on laisse entendre que ce truc est sorti par inadvertance d'un laboratoire français de Wuhan, mais c'est un labo privé, pas une administration française ! Donc, si c'est volontaire, il n'y a aucune raison que ça agisse aussi lentement.

Pascal Papraud : Si on arrive à prouver que le virus sort bien de ce labo, la logique voudrait qu'il paie l'addition pour rembourser les dégâts. Rien qu'au restaurant, à la fin d'un repas entre amis, c'est déjà le bordel pour régler l'addition, alors dans une crise sanitaire entre pays… C'est pour ça qu'on nous cache certaines vérités.

Maître La Bajon : Évidemment qu'on nous ment sur beaucoup de sujets, mais là, vous attribuez beaucoup trop d'intelligence à nos dirigeants ! N'oublions pas que nous sommes dirigés par des branques. Moi, je veux bien qu'ils aient les pouvoirs machiavéliques qu'on leur prête, mais dans ce cas-là ça voudrait dire que Sibeth Ndiaye, c'est Keyser Söze. Allons, soyons sérieux…

Pascal Papraud : Afin de vérifier toutes les informations qui circulent sur le Net, notre gouvernement a fait voter une loi sur les *fake news*. Les mêmes qui nous avaient dit que les masques ne servaient à rien nous expliquent maintenant ce qu'est une fausse info. C'est aussi crédible que Total qui nous parle d'écologie.

Maître La Bajon : Cette loi a fait peur à beaucoup de monde. Quand les chaînes info ont appris qu'il allait y avoir un contrôle pour supprimer les fausses informations, elles ont bien cru qu'elles allaient devoir mettre la clé sous la porte.

Pascal Papraud : C'est qu'elles se rendent compte que les gens ne font plus confiance aux médias *mainstream*. Pourtant, ils font toujours de l'audimat.

Maître La Bajon : Oui, et alors ? *Bienvenue chez les Ch'tis*, le film où Kad Merad est muté à Bergues, a fait des millions d'entrées. Les gens n'ont pas cru pour autant qu'il y avait du travail dans le Nord.

Pascal Papraud : Cela dit, avant la crise sanitaire, les chaînes info annonçaient un chômage à la baisse partout en France. Même si certaines mauvaises langues insinuaient qu'on n'avait pas vu des chiffres autant trafiqués depuis le compteur d'une Peugeot au bled.

Maître La Bajon : Oui, j'adore les sondages ! C'est très pratique pour dire aux gens quoi penser et qui voter. Ceux qui annoncent qu'il y a moins de personnes au chômage, par exemple, ça leur sert surtout à éviter de dire qu'il y a moins de personnes qui le touchent.

Pascal Papraud : Il n'y a pas que les multimilliardaires qui détiennent et influencent les médias. Certains proches du pouvoir décrochent des postes dans les instituts de sondage. Le fils de Brigitte Macron travaille pour une filiale de TNS Sofres. J'imagine qu'ils doivent lui mettre la pression pour infléchir les résultats.

Maître La Bajon : Non, ils ne lui mettent pas du tout la pression. Ils le paient.

Pascal Papraud : Vous ne pouvez pas dire cela ! Il y a quand même une surveillance des médias. Nos juges à nous s'appellent le CSA.

Maître La Bajon : CSA, c'est pour « Couillons Sans Autorité » ? Finalement, journaliste et avocate, on a le même but : faire éclater la vérité. Mais si la vérité avantage la partie adverse, vous ferez comme moi, vous la dissimulerez. D'ailleurs, lors de notre rencontre ce matin, je n'étais pas loin de la vérité quand je vous ai pris pour un SDF : « Serviteur de la Désinformation Française ».

Pascal Papraud : Je vous demanderai un peu de respect, s'il vous plaît, je fais aussi de l'international… Quant au CSA, il a du pouvoir. Rappelez-vous, il a quand même supprimé les pauses publicitaires dans l'émission *TPMP* pendant trois semaines.

Maître La Bajon : Et alors ? C'était l'occasion de faire de la pub déguisée. Pour les pâtes dans le slip, ils donnaient le choix entre Panzani et Barilla. Mais moi, je l'aime bien, Cyril Hanouna. C'est le premier animateur qui est plus connu que la chaîne sur laquelle il passe. Et le titre de son émission n'est pas mal trouvé : *Touche pas à mon poste !* À condition de le prononcer quand le poste est éteint.

Pascal Papraud : Quand même, priver une émission de ses pubs, ce n'est pas rien. Imaginez que cela arrive un jour à une chaîne comme TF1 ! Retirer les pubs sur TF1, c'est comme supprimer les inepties d'un discours gouvernemental : à la fin, il ne reste plus que le générique. Et ce n'est pas tout ! Le CSA a aussi fait des réglementations, des avertissements sur l'âge conseillé des téléspectateurs suivant le degré de violence dans les films. Les gens savent toujours à l'avance ce qu'ils vont voir.

Maître La Bajon : Écoutez, ça se saurait si les Français lisaient les programmes ! Auquel cas ça obligerait certains candidats à en avoir un.

Pascal Papraud : Heureusement, l'information venant de ces médias n'a plus le même impact sur les téléspectateurs. Cela veut peut-être dire qu'une partie de la population n'est plus manipulable.

Maître La Bajon : Tout le monde est manipulable. Les chaînes info ne font que répondre à la demande. C'est le principe de l'accident sur l'autoroute : la plupart du temps, ce n'est pas l'accident qui crée les bouchons, ce sont tous les gens qui ralentissent pour regarder.

Pascal Papraud : Vous exagérez. De moins en moins de gens ralentissent pour regarder, ils ralentissent pour filmer. Maintenant, dans les accidents filmés, il n'y a pas que les clips de campagne de Philippe Poutou.

Maître La Bajon : Eh bien, tant que les gens ralentiront pour regarder ou filmer, les chaînes info seront des accidents sur les autoroutes de l'information.

Pascal Papraud : Ça veut dire qu'on ne se sert pas de la peur uniquement pour diriger, mais aussi pour vendre des pages de pub entre deux programmes télévisés ?

Maître La Bajon : Exactement. Et ils sont doués ! Maintenant, ils arrivent même à faire peur avec la météo. On ne dit plus : « Il va y avoir du soleil », on dit : « Il va y avoir la canicule. » On ne dit plus : « Il va y avoir de la pluie », on dit : « Il va y avoir des inondations. » On ne dit plus : « Il va y avoir du vent », on dit : « Ce soir à 20 heures, le Président s'adressera aux Français. »

Pascal Papraud : L'argent contrôle aussi l'information. Pour vendre, les chaînes info en arrivent même à ne plus respecter l'équité de temps d'antenne des candidats. Souvenez-vous, avant le premier tour de la présidentielle de 2017, elles ont été capables d'organiser un débat avec les cinq candidats les plus médiatisés, alors qu'il y en avait onze !

Maître La Bajon : C'est normal : à une heure de grande écoute, on diffuse des choses qui font vendre. Vous ne vendrez pas un iPad avec Jacques Cheminade ! Au mieux, la housse ou le chargeur. Et pour la ménagère de moins de 50 ans, les débats présidentiels sur TF1 changent des séries policières habituelles. Pour une fois, elle voit un feuilleton où les escrocs ne sont pas arrêtés à la fin.

Pascal Papraud : Pour information, on ne dit plus « la ménagère de moins de 50 ans », on dit « la femme responsable des achats de moins de 50 ans ».

Maître La Bajon : C'est parce que « la connasse qu'en fout pas une devant sa télé », c'était déjà pris ? Ça veut dire que, maintenant, il faut que vous trouviez un terme pour « le branleur derrière son ordinateur qui n'a rien d'autre à faire que donner son avis » ? Mais une opinion qui n'intéresse personne, les médias appellent ça « la réaction des internautes ». Et les politiques aussi s'intéressent à eux ! Le Net étant plus regardé que la télé, ils se battent pour faire des apparitions dans les vidéos des influenceurs les plus célèbres. Marlène Schiappa voulait faire une vidéo avec Nabilla, mais celle-ci a refusé, déclarant qu'elle ne voulait pas passer pour une truffe.

Pascal Papraud : Pour gagner de l'argent, les youtubeurs ont toujours fait du placement de produit. Maintenant, ils font aussi du placement de parti.

Maître La Bajon : C'est logique, c'est dans leur lignée : Coca-Cola, McDo, LaREM, LR, RN, FI... Autant de marques chez lesquelles il n'y a rien de bon pour les gens. Que ce soit une bouteille de Coca ou un politique français, les deux sont payés pour buller. Après avoir dépouillé l'Afrique, il y en a au moins un des deux qui sait se recycler.

Pascal Papraud : Les gens ne lèvent plus les yeux de leurs écrans pour regarder l'état du monde. Le jour où ils le feront, on leur mettra des lunettes de réalité augmentée pour ne pas affronter la vraie vie. On a l'impression qu'on les a lobotomisés en les droguant à leur smartphone.

Maître La Bajon : Ah mince, vous êtes au courant ? Avec les applis, on les drogue à la dopamine. C'est ce que vous ressentez quand vous recevez une notification, cette impression que quelque chose va améliorer votre vie. On s'est aperçu que ça marchait aussi pour des métiers comme chauffeurs Uber en leur donnant toujours plus d'objectifs, de récompenses, de défis... Vous êtes devenus des avatars de jeux vidéo. Les gagnants sont ceux qui tiennent les manettes.

Pascal Papraud : Mais pourquoi les médias donnent-ils autant d'importance aux commentaires des réseaux sociaux ?

Maître La Bajon : Plus une personne passe de temps sur un réseau social, plus ça laisse d'occasions de lui diffuser de la pub pour un canapé rouge.

Pascal Papraud : Mais ça devient une obsession. Ça voudrait dire que même l'émission de Michel Drucker est une publicité subliminale pour les canapés rouges ?

Maître La Bajon : Je ne sais pas. Mais vous vous rendez compte, ce canapé, il y a plus de vedettes qui lui sont passées dessus que sur Carla Bruni. Il faudrait que je demande à Michel la marque de son divan… Les coutures de son canapé sont aussi solides que celles de Carla. Vous vous rendez compte, un fil qui résiste à autant de tension, d'habitude, on s'en sert pour pêcher le mérou.

Pascal Papraud : Vous avez l'air de vous y connaître en pêche, vous pratiquez ?

Maître La Bajon : Oui, et je chasse aussi. Ce week-end, j'ai eu deux sangliers et un cycliste.

Pascal Papraud : On a trouvé un truc plus dangereux pour les cyclistes que l'EPO. Merci, la chasse. Ça doit vous changer du boulot.

Maître La Bajon : Au contraire ! Quand on tire à côté, on risque autant qu'un politique qui pique dans la caisse.

Pascal Papraud : Le lobby de la chasse est assez influent. Il paraît même qu'Emmanuel Macron a sympathisé avec eux pour éviter qu'il y ait 500 000 personnes de plus sur les ronds-points au moment des Gilets jaunes.

Maître La Bajon : Oui, il a diminué de moitié le prix de leur permis de chasse. Il les a autorisés à chasser pendant le confinement. Et au déconfinement il a même multiplié leurs cibles en offrant une prime à toute personne qui se mettrait au vélo.

Pascal Papraud : 500 000 manifestants de plus, c'est énorme ! Lors de la première manifestation des Gilets jaunes, le chiffre annoncé par les médias était de 300 000. Ce qui paraissait peu, quand on voyait les images des rues et des ronds-points jaunes de monde… Pour obtenir des chiffres plus crédibles, les médias auraient sans doute dû additionner le nombre de manifestants par lieu de rassemblement.

Maître La Bajon : Les médias ne sont pas là pour additionner, ils sont là pour diviser. Les chiffres qu'ils donnent sont aussi fiables que les audiences des chaînes par Médiamétrie.

Pascal Papraud : Apparemment, les maths, ce n'est pas leur truc.

Maître La Bajon : Je vous rassure, le français non plus. Vous êtes bien placé pour savoir que, dans la plupart des rédactions, le travail de journaliste consiste désormais à attendre que le stagiaire d'un journal concurrent écrive un article. Aujourd'hui, dans les écoles de journalisme, le premier truc qu'on vous apprend c'est : « contrôle C/contrôle V ».

Pascal Papraud : Je ne vous permets pas de dire ça, vous insultez mon métier ! Le contrôle C/contrôle V n'est valable que si on travaille pour un média en ligne. En presse papier, il faut savoir faire fonctionner une photocopieuse. Par ailleurs, je vous rappelle qu'il reste quelques médias indépendants qui sortent parfois des articles subversifs. Quant aux médias détenus par des milliardaires, ils ne font pas que recopier : les pauvres ont des lignes éditoriales à respecter aussi. Vous n'aurez pas à la une du *Figaro* une révélation sur les affaires de corruption de Serge Dassault. Vous ne verrez pas non plus les dessous du rachat de Tiffany par Bernard Arnault faire les gros titres du *Parisien*. C'est là qu'on voit le côté indépendant de *Mediapart*, le journal d'Edwy Plenel.

Maître La Bajon : Pourquoi ? Parce que ses journalistes ont le droit de faire un article qui déclare que la moustache n'est plus à la mode depuis les années 1970 ? Les gens s'intéressent-ils vraiment aux articles de fond ? Il faut qu'il y ait des paillettes dans l'info. Le public se préoccupe davantage des millions de l'héritage de Johnny que de ceux que Carlos Ghosn a détournés.

Pascal Papraud : Son évasion avait fait sensation. Sa sortie du *flycase* où il s'était caché pour fuir était impressionnante. C'est la première fois qu'on le voyait quitter une boîte sans licencier personne.

Maître La Bajon : Oui, mais ça n'a fait que quelques lignes. L'héritage de Johnny a fait la une de tous les magazines pendant des mois. Je le sais, Laeticia est une de mes clientes.

Pascal Papraud : C'est grâce à vous qu'elle a touché l'héritage de son mari qu'on estimerait à plus de 100 millions d'euros ?

Maître La Bajon : Oui. Et je peux vous dire que Johnny, elle l'aura pompé bien plus après sa mort que de son vivant.

Pascal Papraud : 100 millions d'euros pour avoir couché avec lui pendant vingt ans, c'est pas mal.

Maître La Bajon : Si on fait un ratio, ça veut dire qu'à moi, il doit 28 euros.

Pascal Papraud : Vous avez couché avec Johnny Hallyday ?

Maître La Bajon : Et pas que lui. Vous le gardez pour vous, mais j'ai aussi déjà eu une relation avec une femme. D'ailleurs, ça m'a fait bizarre de coucher avec un truc propre. Il n'y avait pas de tabou sur la sexualité avec le couple Hallyday. Quelques jours avant la mort de Johnny, je me rappelle avoir osé demander à Laeticia s'ils avaient encore des relations sexuelles. Elle m'avait répondu : « Oui, mais il a le kiki super ridé. Avant, il m'enfilait, maintenant, il me visse ! » Elle a fini par l'appeler « Monsieur Bricolage ».

Pascal Papraud : « Monsieur Bricolage », c'est aussi un surnom qu'on pourrait donner à Xavier Dupont de Ligonnès. Vous seriez prête à le défendre s'il refaisait surface ?

Maître La Bajon : Évidemment. Je trouve que c'est un père exemplaire : peu de parents s'investissent autant pour que leurs enfants arrêtent de jouer aux jeux vidéo et soient plus souvent dans le jardin !

Pascal Papraud : Et lui, comment va-t-il ? Vous avez de ses nouvelles ?

Maître La Bajon : On a cru le retrouver à Glasgow, mais ce n'était qu'un passager qui avait des empreintes digitales presque identiques aux siennes. Pourtant, la police écossaise avait mis un pro des empreintes sur le coup. D'habitude, il est capable de reconnaître ses collègues avec juste un doigt.

Pascal Papraud : Vu le succès de l'affaire Xavier Dupont de Ligonnès, je m'étonne que personne n'en ait encore fait un biopic.

Maître La Bajon : Ce serait redondant, il y en a déjà à la pelle. Toutes ces histoires de meurtres, c'est plutôt pour faire les choux gras de la presse. Vous, les journalistes, vous le savez bien, plus il y a de sang, plus ça vend.

On sonne. Maître La Bajon ouvre à deux livreurs.

Le livreur : Bonjour, on vous le dépose où, ce canapé ?

Maître La Bajon : Dans le coin, là.

Les livreurs le déballent.

Pascal Papraud : Et il est rouge, en plus ! Vous l'avez commandé pendant qu'on discutait ?

Maître La Bajon : Oui. Ils l'annonçaient à 1 000 euros, mais avec 30 % de remise ils me l'ont fait à 900.

Pascal Papraud : Comme quoi, vous êtes aussi douée pour les soldes que BFM TV pour les sondages.

AFFAIRE N°17

LE PROCÈS

LE PROCÈS

Maître La Bajon et Pascal Papraud sont dans la rue, en bas de l'immeuble. Elle lève le bras pour héler un taxi.

Maître La Bajon : On va aller au tribunal en taxi, ça fait longtemps que je n'ai pas entendu quelqu'un se plaindre. La dernière fois, c'était pour le compte rendu d'une convention citoyenne. Vous connaissez le principe ? Au lieu qu'individuellement chaque citoyen reproche de ne pas être écouté quand il se plaint, on a créé des conventions citoyennes. Ça permet de rassembler des citoyens pour qu'ils se plaignent d'une seule voix. Ils ne sont pas plus écoutés, mais au moins, on gagne du temps.

Pascal Papraud : Vous êtes dure avec les taxis. Uber a au moins servi à rendre les chauffeurs aimables.

Maître La Bajon : Oui, enfin, s'ils l'avaient été plus tôt, ils n'auraient pas été victimes de l'arrivée d'Uber. Quand ils ont fait grève, je les aurais bien soutenus, les taxis, mais ils n'allaient pas dans ma direction.

Maître La Bajon et Pascal Papraud montent dans le taxi qui vient d'arriver.

Taxi : Bien le bonjour, messieurs-dames.

Maître La Bajon : Bonjour, vous pouvez nous conduire au Palais de justice ?

Taxi : Bien sûr. Vous avez un itinéraire préféré ? Par le chemin « manifestants contre le gouvernement », on y est dans cinq minutes. Par le chemin « dirigeants politiques », par contre, je vous préviens, mes fauteuils ne font pas couchettes.

Maître La Bajon : On va faire comme les Français ont fait pendant plus de quarante ans avec leurs dirigeants : on vous laisse conduire et on gueulera si ça ne nous convient pas.

Taxi : Vous désirez une bouteille d'eau pour le trajet ?

Maître La Bajon : Vous voyez comme ils sont devenus sympas, les taxis… Maintenant, pour lutter contre la mondialisation, ils nous proposent des produits Nestlé.

Taxi : Mais vous savez, ma petite dame, l'enfer est pavé de bonnes intentions. L'humain est un monstre au cœur tendre ! Nestlé, avant de vider les nappes phréatiques et d'empoisonner des nourrissons en Afrique, c'était un homme qui a sauvé la vie d'un enfant allergique aux produits lactés en inventant une farine de lait artificiel. Monsanto, avant de détruire les sols et de tuer les abeilles, c'était un homme qui a commercialisé la saccharine aux États-Unis pour remplacer le sucre dans la lutte contre l'obésité. Et tous ces gens sont protégés par des CRS dont la vocation de base était d'arrêter les voleurs, pas de les défendre.

Maître La Bajon : Oui, tant qu'à enfoncer des portes ouvertes, autant dire : Carla Bruni, à la base, elle était mannequin, pas chanteuse. *(À Pascal.)* Vous voyez, si c'est pour avoir ce genre de conversation, vivement les taxis sans chauffeur d'Amazon…

Taxi : Hep, hep, hep, pas si vite ! D'ici là, si ça se trouve, Amazon n'existera plus. Je vous propose peut-être de l'eau d'une grande firme, mais ça ne m'empêche pas de lutter contre les multinationales ! Pendant le confinement, je commande des trucs chez Amazon. Deux semaines plus tard, je leur dis que je n'ai rien reçu, comme ça, ils me remboursent. J'ai fait le calcul : dans 8 487 confinements, j'aurai fait couler la boîte. Je peux vous dire qu'il flippe, le Bezos… Et puis moi, je tiens à rester un taxi indépendant.

Maître La Bajon (discrètement à Pascal) : Ce qu'il n'ose pas dire, c'est qu'il n'a pas réussi à revendre sa licence au bon moment.

Pascal Papraud : Et l'avantage de rester taxi, c'est que vous pouvez charger des clients n'importe où. Là, par exemple, ça faisait longtemps que vous tourniez ?

Taxi : Non, je viens de récupérer ma femme. Elle bosse comme femme de ménage dans un des bureaux où je vous ai chargés. La pauvre, elle bosse pour une connasse. Si je savais qui c'est… Je peux vous dire que j'ai des œufs et un paquet de farine qui l'attendent. Ça fait des années qu'elle me dit que sa patronne est une abrutie. Et elle s'y connaît en matière d'abrutis : elle a bossé à l'Élysée.

Pascal Papraud (taquin) : Mais vous n'avez vraiment aucune idée de ce à quoi elle ressemble ?

Taxi : Non, mais elle m'a dit qu'elle ressemblait à « l'Arabe de Cartier ».

Pascal Papraud : Hein ? Ce ne serait pas un peu raciste, ce que vous dites ? Comment vous écrivez « quartier » ? Vous parlez de l'épicier ou de Rachida Dati ?

Taxi : De Rachida Dati. Celle qui est tombée enceinte par l'opération du Saint-Esprit. En même temps, à l'époque, elle était ministre de la Justice, comment voulez-vous qu'elle se souvienne du père ? Elle a visité tellement de prisons…

Maître La Bajon : Je ne vous permets pas de dire ça, c'est une cliente, un peu de respect. On sait très bien qui est le père : c'est le PDG des casinos Lucien Barrière. Et contrairement aux rumeurs, il joue très bien son rôle de père. Il protège sa fille. Dès qu'elle lui ramène un nouveau petit copain, il lui dit : « Ma fille, c'est comme mes casinos : tu n'entreras pas dedans avant tes 18 ans. »
Et puis, laissez Rachida tranquille, elle en a déjà assez bavé comme ça. C'est moi qui l'ai conduite à la maternité. Elle était toute perturbée pendant l'accouchement, c'était la première fois qu'elle voyait une salle de travail.

Pascal Papraud : Il y a eu beaucoup de naissances pendant le quinquennat de Nicolas Sarkozy, entre Zohra, la fille de Rachida, Giulia, la fille de Carla…

Taxi : Oui, Nicolas Sarkozy en est à son quatrième enfant, ça doit lui coûter cher en fringues. Avec ma femme, pour faire des économies, on réutilise les vêtements de l'aînée pour les suivants.

Maître La Bajon : C'est pour ça, la petite Giulia, au début, elle mettait les costumes de son papa. Et puis elle a grandi…

Pascal Papraud : Ils ont de la chance de les avoir eus du premier coup. Il paraît que maintenant, ça devient de plus en plus dur d'avoir un enfant. D'ailleurs, lorsque certains parents l'ont attendu très longtemps, ils l'appellent Désiré.

Taxi : À l'inverse, François Hollande a failli s'appeler Tant pis. Ça, c'est ma femme qui me l'a dit. Elle me raconte plein de blagues, ma chérie, c'est un véritable remède contre la dépression, presque un médicament. Mais quand je lui dis ça, elle me répond que ce n'est pas une raison pour essayer de la prendre trois fois par jour ! L'humour, chez nous, c'est de famille. Pour la fête des Mères, notre fils lui a offert la photo des membres du gouvernement en pendentif. Sur le coup, on a trouvé ça surprenant, et puis on s'est rappelé que, tous les ans, il avait l'habitude de lui offrir un collier de nouilles.

Maître La Bajon : On va être obligés de faire la conversation jusqu'au bout ? Quoique… En attendant les chauffeurs robotisés, au moins, là, ça prépare au langage binaire qu'on aura avec les machines : en attendant les 1, là, on a déjà les zéros.

Pascal Papraud : Excusez-la, je suis sûr qu'elle ne voulait pas dire ça…

Taxi : Ne vous inquiétez pas, j'ai l'habitude. Les gens ne prennent plus de gants. Ceux qui lancent les taxis sans chauffeur n'ont pas hésité à dire que 94 % des accidents provenaient d'erreurs humaines. Du coup, ils vont supprimer l'humain. Mais, pour éviter que les gens se révoltent tous en même temps, ils font ça métier par métier. Ça viendra au vôtre, un jour. Dans *Retour vers le futur 2*, quand ils font un bond dans le temps, ils disent que le système judiciaire est devenu très performant depuis qu'on a supprimé les avocats. C'est juste une question de temps. Aux États-Unis, l'argent a déjà remplacé les juges. À la fin des procès, on ne donne plus des verdicts, on donne des montants. Et les remises de peine se font contre des remises de chèque… En attendant, c'est pour ça que j'adore discuter avec une avocate comme vous dans mon taxi. Si on était dans votre bureau, vous feriez durer la conversation pour me facturer au mot. Le temps de parole que vous venez d'accorder au « zéro », il y en aurait au moins pour 200 euros d'honoraires.

Maître La Bajon : Mes honoraires ne vous regardent pas. Vous, les citoyens, vous avez bien payé 12 millions d'euros un grand débat pour que le Président fasse semblant de vous écouter. Moi, au moins, quand vous me payez, je vous écoute réellement et je vous tire d'affaire. C'est pour ça que je vais arrêter de parler, et on va descendre ici.

Taxi : Ne vous vexez pas ! En plus, on ne peut pas descendre là, on est au beau milieu du Pont-Neuf. *(Montrant la Seine.)* Regardez-moi ça, j'avais pas vu autant de liquide depuis les mallettes de Sarkozy... Mais rassurez-vous, ma petite dame, avec toutes les nouvelles technologies, vous n'aurez plus à faire la conversation à personne. C'est peut-être déjà le cas ! La dernière fois que vous avez fait vos courses au supermarché, si ça se trouve, vous êtes allée directement en rayon prendre vos produits, vous les avez pesés, emballés, scannés vous-même et vous vous êtes encaissée toute seule. C'est comme ça qu'ils ont remplacé leur personnel, en vous faisant bosser gratuitement pour eux. Finalement, la machine, c'est vous. Moi, j'appelle ça une Penelope Fillon inversée : on vous emploie réellement, mais c'est le salaire qui est fictif.

Pascal Papraud : Ça vous embête si je vous cite dans mon livre ?

Taxi : Pas de souci ! Vous écrivez un bouquin ? Avec ma femme, on adore lire. Elle est sur le dernier Marlène Schiappa, mais elle me dit que c'est tellement creux que c'est à se demander si ça n'a pas été écrit avec une pelle. Et moi, je fais comme tous les Français : je n'avais plus les moyens d'acheter des antidépresseurs, du coup, je me suis mis aux bouquins sur le développement personnel. Je suis en train de lire *Trois amis en quête de sagesse*. La moitié du bouquin, ce sont des échanges de politesses. C'est simple, je n'avais pas vu des gens autant s'incliner depuis les Présidents du G20 devant les patrons du CAC 40. Moi, quand je fais autant de courbettes, j'ai besoin de trois séances d'ostéo après.

Maître La Bajon : Vous faites la paire, tous les deux ! C'est facile de critiquer à chaque fois les méchants riches, mais, que ce soit l'un ou l'autre, votre objectif, c'est de le devenir. Vous n'avez rien inventé, c'est le principe des artistes : ils sont de gauche jusqu'au moment où ils commencent à gagner de l'argent.

Taxi : Ça ne marche pas, votre truc, regardez Yannick Noah, il a gagné de l'argent et il est toujours de gauche. Il n'est pas devenu de droite quand ça a commencé à marcher pour lui.

Pascal Papraud : Non, il est devenu suisse.

Maître La Bajon : Et puis vous, pour vendre encore plus de livres, ça ne vous déplairait pas d'aller dans des émissions littéraires avec des gens qui parlent lentement pour se donner un air intello, en faisant des « euuuuuh », en permanence, au point qu'on se croirait dans une compète de débouchage d'évier. Et vous serez bien content de pouvoir mettre en vente votre bouquin sur Amazon. Comptez sur moi pour vous mettre une critique ! Et vous, le chauffeur, vous avez de la chance qu'on ne soit pas sur Uber, parce que la note que je vous mettrais serait salée.

Taxi : Calmez-vous avec vos notes, on n'est pas en Chine. Ce sont eux qui ont inventé le crédit social. Vous connaissez ? Ils font des prix sur l'électricité et gèrent vos déplacements en fonction de votre note sociale fixée selon vos bonnes ou mauvaises actions.

Pascal Papraud : Je ne sais pas si en France ce serait une solution d'enfermer Jean-Claude Gaudin chez lui à 30 000 euros le kWh…

Maître La Bajon : Je ne vous permets pas de dire ça de Jean-Claude, c'est un client. Je connais le dossier, les preuves contre lui sont aussi solides que les immeubles qu'il a laissé construire à Marseille. Et le crédit social, c'est très bien pour domestiquer les gens. Ce serait pas mal que ce système arrive chez nous, ça éviterait que les gens fassent n'importe quoi et se mettent à critiquer les dérives autoritaires de notre gouvernement. On a les dirigeants qu'on mérite !

Taxi : Mais qu'est-ce qu'on a fait pour mériter ça ? On a dû faire une sacrée grosse connerie dans une vie antérieure. Le pays est en train de devenir fou.

Pascal Papraud : La France est folle. C'est normal, c'est une terre d'asile. Maintenant, en

Chine, avec le crédit social, vous trouvez plus d'étoiles sur le drapeau chinois que sur la note d'un opposant au régime… Finalement, avec la notation, c'est un peu le retour du nazisme : pour classifier les gens, nous aussi, on leur met des étoiles.

Taxi : Je dirais même que le capitalisme a réussi à faire pire que le nazisme. Car, nous, on ne peut pas se cacher derrière l'ignorance. On sait tous comment nos produits sont fabriqués. On sait que des petites filles au Bangladesh fabriquent les vêtements chez H&M, Zara…, que des petits Chinois fabriquent les Nike et que des petits Africains vont tous les jours à la mine pour extraire les matières premières servant à fabriquer nos smartphones… Même en sachant tout ça, ça ne nous empêche pas de les acheter… On a atteint un tel niveau de collaboration que, si les camps de concentration existaient encore, on serait capable d'aller acheter des abat-jour en peau humaine chez Maisons du Monde.

Maître La Bajon : Vous avez raison. Quand on voit tous ces enfants qui travaillent dans des mines en Afrique ou dans des usines en Chine dès le plus jeune âge, ça fait réfléchir… Je me dis qu'en France, ce sont de sacrés branleurs.

La radio du taxi diffuse la chanson Au bout de mes rêves.

Pascal Papraud : Vous pouvez mettre plus fort, s'il vous plaît ? J'adore Jean-Jacques Goldman. Quel parolier ! Il a bossé pour les plus grands : Céline Dion, Johnny Hallyday… C'est normal que ce soit notre personnalité préférée, c'est le seul Français qui ait réussi à faire chanter plus de monde que Sarkozy. Les chanteurs reprennent tout ce qu'il écrit, mot pour mot. On dirait des députés avec un projet de loi fourni par Bayer-Monsanto.

Taxi : Depuis que la Chine a stoppé sa politique de l'enfant unique, Bayer-Monsanto sont les seuls sur Terre à contrôler la semence. Un agriculteur ne peut pas vendre la moindre graine sans leur demander la permission.

Maître La Bajon : Dites, je les ai défendus, Bayer-Monsanto ! C'est une cible facile ! Du coup, ce sont de bons clients, comme Lactalis… Euh, pardon, je voulais dire, le lobby laitier.

Taxi : J'ai un cousin agriculteur qui m'a expliqué que, maintenant, ses vaches sont traites par une machine qui envoie le lait dans une cuve stérilisée. Un camion vient pomper le lait et son prix est déjà imposé. Le lait d'un agriculteur, aujourd'hui, c'est comme l'argent : il n'en voit plus la couleur.

Pascal Papraud : Il ne peut pas traire sa vache lui-même ?

Taxi : Même s'il arrive à traire une vache, on lui interdira de vendre directement son lait au marché, car il ne respectera pas la norme. En France, l'agriculture, c'est comme l'humour : aseptisé.

Maître La Bajon : Le système est quand même bien fait.

Taxi : Pas autant que le système solaire. Je suis un passionné d'astronomie, vous savez. Est-ce que des gens comme vous regardent encore le ciel ?

Maître La Bajon : Je n'ai pas que ça à faire. Je préfère regarder où je marche. La dernière fois que je l'ai regardé, c'est parce qu'un ex m'avait offert une étoile. Je ne sais pas à qui il a bien pu l'acheter, mais ça m'a permis de me rendre compte que, même dans l'espace, tout est à vendre.

Pascal Papraud : Moi aussi, je suis un passionné d'astronomie. Savez-vous que la lumière du Soleil n'est pas instantanée ? S'il s'éteignait, on ne le saurait que huit minutes plus tard.

Taxi (regardant le visage éclairé de Maître La Bajon) : Vous voyez ce rayon de soleil ? Il vient de parcourir 150 millions de kilomètres et, en arrivant, il tombe sur votre face… Le pire, c'est qu'il ne peut même pas faire demi-tour.

Maître La Bajon : J'aimerais bien vous parler d'astronomie, moi aussi, mais dans ce taxi, des lumières, je n'en vois aucune... Comme disait notre Président : « Dans une gare, on croise des gens qui ont réussi et des gens qui ne sont rien... » Il faudra que je pense à lui dire qu'on en croise aussi dans un taxi... C'est bien ma veine. Aujourd'hui, je tombe uniquement sur des marginaux. En ce moment, c'est la mode de ne pas se conformer aux règles et de vouloir refaire 1789. Si ça avait servi à quelque chose, il n'y aurait pas besoin de le refaire. Les révolutionnaires ont coupé des têtes couronnées pour qu'à l'avenir on n'ait pas un roi qui privilégie les riches de sa cour et laisse les pauvres crever de faim. Ça a changé quoi ? On ne dit plus « un roi », on dit « un Président ».
Si c'est pour faire des modifications comme ça, ne faites pas la Révolution, allez bosser chez Wikipédia. C'est simple : arrêtez de réfléchir, conformez-vous aux normes, soumettez-vous au système, on s'occupe de tout. Rentrez dans le rang et la vie reprendra son cours. Car, si on laisse faire des gens comme vous, ça va être le chaos.

Taxi : Depuis le big bang, c'est grâce à l'anticonformisme que la vie existe. Si ce que l'on appelle la particule de Dieu s'était expansée de manière parfaite, chaque particule se serait répandue à égale distance, et la gravité n'aurait pas pu entrer en action pour les faire se rencontrer et former les matières et la vie qu'on connaît aujourd'hui. On est tous issus d'un événement qui ne s'est pas passé comme prévu. Et la plupart des grandes découvertes aussi sont issues de l'anticonformisme. Le continent américain a été découvert par un mec qui s'est planté de chemin. La pénicilline, c'est une personne qui avait laissé moisir un truc… Vous voyez, ma petite dame, le véritable chaos, c'est le conformisme.

Maître La Bajon : Qu'est-ce que vous voulez que je vous dise ? On ne va pas refaire le monde !

Taxi : Et pourquoi on ne le referait pas ?

Maître La Bajon : …

Pascal Papraud : De toute votre carrière, c'est la première fois que je vous vois sans défense.

Le taxi s'arrête devant le Palais de justice.

Maître La Bajon : Je vous dois combien ?

Taxi : Je fais comme la justice avec vos délinquants en col blanc, je ne vous fais pas payer. Je vous demande juste de vous en souvenir.

Ils descendent tous les deux du taxi.

Maître La Bajon : Eh bien, vous voyez qu'il y a des taxis sympas ! Vous étiez mauvaise langue…

Pascal Papraud : Euh… oui, mais regardez l'heure ! Il ne nous a pas mis en avance non plus.

Maître La Bajon monte quatre à quatre les marches du Palais de justice.

Pascal Papraud : Je suis ému… Voir une femme gravir les marches aussi vite sans coucher, on sent l'après-#MeToo.

Ils entrent dans le hall du Palais de justice et franchissent le détecteur de métaux, lequel bipe au passage de l'avocate.

Maître La Bajon : Mince ! J'avais oublié de retirer les clés de l'appartement que Richard m'a prêté pour le week-end.

Pascal Papraud : Richard ? Quel Richard ? Berry ?

Maître La Bajon : Non, Richard Ferrand ! Je l'avais défendu quand il était soupçonné de conflit d'intérêts avec les Mutuelles de Bretagne pour ses appartements. Il était ministre de la Cohésion des territoires, c'était normal qu'il commence par agrandir le sien.

Pascal Papraud : Ça veut dire que c'est dans la même logique qu'il est devenu président de l'Assemblée nationale : quoi de plus normal qu'un vautour termine au perchoir ? Cela dit, je me rappelle que, pour choisir son gouvernement, notre Président s'était laissé plus de 48 heures pour trouver des ministres sans affaires ni conflits d'intérêts.

Maître La Bajon : Oui, 48 heures pour en trouver 18, il était bien optimiste. Moi, en vingt ans de carrière, je n'en ai pas trouvé un seul. La seule chance pour un politique d'être transparent, c'est d'être fils de vitrier.

Maître La Bajon et Pascal Papraud arrivent devant la porte de la salle d'audience.

Maître La Bajon : C'est ici que nos chemins se séparent. Je vous laisse vous installer au fond de la salle, je pense que tous vos confrères vont vouloir se jeter sur moi à la sortie de l'audience.

Elle lui donne une clé USB.

Maître La Bajon : Voilà un enregistrement des réponses toutes faites que je vais leur balancer. Ça vous évitera de venir vous battre pour me tendre votre micro.

Pascal Papraud : Merci. Vous faites toujours les mêmes réponses ?

Maître La Bajon : Oui, parce qu'on me pose toujours les mêmes questions. Ce sont mes clients qui m'ont donné l'astuce. Ils font pareil avec les programmes électoraux : comme les problèmes ne changent pas, les solutions non plus. Bon, j'espère que vous avez tout ce qu'il vous faut pour votre livre et que je ne vous ai pas trop écœuré en vous révélant toute la part d'ombre de la justice…

Pascal Papraud : Non, non, je reste optimiste. Je me dis que la justice peut redevenir lumière. Et rien ne va plus vite que la lumière, si ce n'est l'imagination. En tout cas, merci. Est-ce qu'il y a des propos que vous souhaitez que je coupe dans notre entretien ?

Maître La Bajon : Pour quoi faire ? Le public est déjà au courant de tout. Ça changerait quoi pour les intéressés ? Il n'y a que pour vous que ça pourrait changer la donne… Votre carrière, si vous voulez en avoir une. Vous avez le choix entre ne plus bouger en voulant que les choses avancent ou bien avancer en faisant en sorte que rien ne bouge. Le choix vous appartient.

Pendant qu'ils discutent, l'audience a déjà commencé. Le juge entre dans la salle et fait lever l'assemblée.

Le juge : Merci. À peine assis, vous êtes déjà obligés de vous lever. On se croirait à la messe.

Seulement, la différence entre un juge et Dieu, c'est que, Dieu, il y en a encore qui croient en son pouvoir. Bon, je vous préviens, ce n'est pas un procès qui va durer longtemps, je n'ai pris qu'une heure de parking. Et après celui-ci j'ai encore trois douzaines de jugements à rendre aujourd'hui. La France souffre d'une pénurie de magistrats. Si c'est pour courir dans tous les sens, être surchargé de boulot parce qu'on ne veut pas dépenser d'argent pour embaucher davantage, j'aurais pu faire infirmière…

Le juge réfléchit à ce qu'il vient de dire.

Le juge : Pardon… ou prof, ou pompier, ou facteur, ou policier, ou caissière…

Le procureur : Vous êtes en France, monsieur le juge, on n'a pas à se plaindre. On est quand même au pays des droits de l'homme !

Le juge : La France, le pays des droits de l'homme… Comme Disneyland, le pays des contes de fées. Dans les deux cas, on sait bien que le slogan est juste là pour remplir les tiroirs-caisses. Au moins, à Disney, il y a un petit fond musical pendant qu'on se fait enc…

Le procureur : S'il vous plaît, monsieur le juge ! Nous sommes au tribunal…

Le juge : C'est bien ce que je dis : il n'y a pas de musique. Un juge des affaires familiales en France, il a 500 dossiers à traiter ; en Allemagne, il en a 40. Ici, la seule solution qu'on a trouvée pour réduire le nombre d'affaires, c'est de laisser gagner les fautifs pour dissuader les victimes de porter plainte… Si on me laissait mettre des politiques en taule, ils n'en ressortiraient qu'une fois les conditions de la justice améliorées. Je peux vous dire que la justice à deux vitesses, elle passerait la cinquième.

Le procureur : Monsieur le juge, permettez-moi de vous rappeler que, lors d'un procès, c'est à vous d'écouter les plaignants, pas l'inverse !

Le juge : Écoutez, monsieur le procureur, si je n'avais pas voulu écouter les gens se plaindre, je n'aurais pas fait juge, j'aurais bossé dans un commissariat pour recueillir les témoignages des femmes battues ! Bien, alors, qui juge-t-on aujourd'hui ? J'espère que ce n'est pas encore une pleureuse comme Jonathan Daval. Le gars a commencé en chialant qu'il n'avait rien fait. On y croyait, il jouait super bien la comédie, et puis il a complètement déraillé… On dirait la carrière de Nicolas Cage. Je vous rappelle qu'on n'est pas là pour faire avouer un crime. Ici, c'est un tribunal, pas un confessionnal. Et moi, je suis juge, pas prêtre. À ce sujet, monsieur le procureur, demain, on a une victime dans l'affaire Barbarin, qui vient témoigner à la barre. Vous penserez à installer un siège bébé.

Le procureur : Oui, monsieur le juge. Sinon, si ça vous intéresse, aujourd'hui, c'est le procès des 99 % contre le 1 % qui détient les richesses de la planète.

Le juge : Ouh là, grosse affaire ! L'avenir de l'humanité peut dépendre de ce procès. Je vous préviens, je ne laisserai rien passer, je serai impartial. Est-ce que l'avocate du 1 % a quelque chose à dire avant que je les fasse acquitter ?

Maître La Bajon fait une entrée fracassante dans la salle d'audience. Arrivant par la porte du fond, elle traverse le tribunal au milieu des murmures de l'assemblée et s'installe tranquillement à sa place sans mot dire.

Le procureur : Vous arrivez en retard et vous ne présentez même pas vos excuses !

Maître La Bajon : Je ne suis pas à la bourre, monsieur le juge, ça fait partie de ma plaidoirie… La lutte des classes existe depuis des siècles et n'a jamais été inquiétée. C'était pour vous montrer qu'on n'est plus à cinq minutes près.

Le juge : Et c'est un point pour la défense, reprise pour l'accusation ! Oups, excusez-moi… Comme beaucoup de Français, je suis obligé d'avoir deux boulots pour joindre les deux bouts, alors le week-end, je fais arbitre. Le foot, ça ne me change pas de la justice : que ce soient les joueurs ou les avocats, ce sont ceux qui ont pu se payer les plus chers qui gagnent.

Le procureur : Monsieur le juge, si je peux me permettre, est-ce qu'on pourrait au moins énoncer ce que l'on reproche aux clients de Maître La Bajon ?

Le juge : Pour quoi faire ? Tout le monde le sait déjà : ils ne payent quasiment aucun impôt, ils exploitent les gens, ils corrompent les politiques pour faire passer leurs lois, ils contrôlent l'information et ils détruisent la planète… J'oublie quelque chose ?

Une voix timide venant de l'assemblée : Euuuh… Ils font de l'argent en revendant nos données personnelles ?

Le juge : Bon, écoutez, si chacun s'y met, on ne va pas s'en sortir ! Depuis quand les 99 % jouent collectif ? Ils n'ont qu'à faire comme depuis toujours : chacun ne pense qu'à lui et le monde continuera de tourner en rond. On n'a pas le temps de tous les écouter, je n'ai pas envie de me retrouver avec un sabot sur la roue de ma Mégane.

Le procureur : Concernant la planète, ça devient dangereux. Je vous rappelle que la vie de près de huit milliards de personnes est en jeu.

Le juge : Et alors ? Ce matin, un sondage annonçait que la Terre avait encore des ressources.

Le procureur : Oui, monsieur le juge, mais la Terre, c'est comme un iPhone : ce n'est pas parce que la batterie annonce qu'il reste encore 10 % qu'il ne risque pas de s'éteindre dans les secondes qui arrivent.

Le juge : Vous faites bien de me le dire. Ça me fait penser qu'il y a une question primordiale à poser à l'assistance : est-ce que quelqu'un a un chargeur ?

Je viens d'acheter un Samsung et ce n'est pas le même chargeur. Les opérateurs téléphoniques sont bien meilleurs pour s'entendre sur le prix des forfaits que sur le format des chargeurs…
Bon, revenons au procès. Monsieur le procureur, en quoi l'avenir de la planète est-il en danger ?

Maître La Bajon : Si vous me permettez de corriger, monsieur le juge, ce n'est pas l'avenir de la planète qui est en danger, c'est celui des espèces. La planète, elle, nous survivra. Allons, soyons sérieux, depuis quand s'intéresse-t-on au vivant dans un tribunal ?

Le juge saisit son marteau et tape sur son pupitre.

Le juge : Oh, oh, oh ! Excusez-moi, j'avais une mouche sur mon pupitre… J'ai fait ce métier pour le marteau. Quand j'étais petit, j'aimais bien jouer au Chass'Taupes.

Le procureur : Est-ce qu'on peut en revenir au procès, s'il vous plaît ? Monsieur le juge, j'aimerais bien faire témoigner des civils avant la fin de validité de votre ticket de parcmètre.

Le juge : Très bien. Que l'humanité se présente à la barre… Elle n'est pas là ? Quelqu'un a son numéro ?

Un enfant arrive du fond de la salle et se place à la barre.

Le juge : Bonjour, mon petit poussin. Oui, j'aime bien appeler les enfants « poussin », parce que leur avenir, il est cuit-cuit. Tu es sûr que tu ne t'es pas trompé de jour pour venir témoigner ? C'est la semaine prochaine qu'on reçoit Frédéric Mitterrand.

L'enfant : Non, je suis là parce que je m'inquiète pour mon avenir et du coup, celui de l'humanité. La vie sur Terre est sur le point de s'éteindre et c'est nous, l'interrupteur.

Le juge : Écoute, mon petit, c'est bien beau de vouloir sauver le monde, mais est-ce que tu ne préférerais pas plutôt une bonne tartine de Nutella ?

Le procureur : Objection, monsieur le juge ! C'est de la corruption de témoin ! Je veux en appeler un autre à la barre.

Le juge : Ça va, on ne va pas entendre les plaintes de tous les enfants du monde ! Ils n'auront qu'à le faire une fois adultes, ça leur fera vendre des bouquins. Depuis quand se fait-on expliquer la vie par des gamins de 15 ans ? Ras le bol de la mode des Greta Thunberg ! D'ailleurs, j'ai découvert qu'elle était atteinte d'autisme, du coup je me dis que, si on a écouté son discours écologique, c'est peut-être juste parce qu'elle était trop jeune pour qu'on puisse l'emmener compter les cartes à Las Vegas.

Le procureur : Monsieur le juge, cet enfant sait-il seulement combien va lui coûter notre aveuglement ?

Le juge : Comment voulez-vous qu'il connaisse son prix ? C'est un cadeau.

L'enfant repart en mangeant une tartine de Nutella.

Le procureur : S'il vous plaît, mesdames et messieurs les jurés, permettez-vous qu'on appelle à la barre un autre citoyen des 99 % ?

Un juré : Laissez-nous tranquilles ! Nous aussi, on est pressés que ça se termine ! Si on est là, c'est parce qu'on est comme des cyclistes en forêt un jour de chasse : on a été tirés au hasard.

Maître La Bajon : Un peu de sérieux, monsieur le juge. Depuis quand donne-t-on la parole au peuple ? Et puis, j'ai déjà fait ma B.A. aujourd'hui… La parole du peuple, je viens de l'entendre pendant mon trajet jusqu'ici, je m'en souviens encore…

Un rayon de soleil pénètre dans la salle d'audience, telle une lumière divine qui vient caresser le visage de Maître La Bajon.

Maître La Bajon : Monsieur le juge, mesdames et messieurs les jurés, pour défendre mes clients accusés de détruire la planète, je commencerai par vous faire part de ma passion pour l'astronomie. Je viens de trouver l'exact opposé à la vitesse de la lumière, je l'ai appelé « la justice ». On se plaint de la pollution spatiale, pourtant, ça reste légal qu'un de mes clients envoie un cosmonaute au volant d'une voiture dans l'espace pour un simple coup de pub.

Même si j'ai défendu Elon Musk pour sa Tesla en orbite depuis février 2018, en affirmant que cette démarche venait en soutien à la maire de Paris, Anne Hidalgo. Grâce à lui, beaucoup sont rassurés de voir qu'il y en a qui tournent depuis plus longtemps au volant que les Parisiens qui cherchent une place pour se garer.

Le juge : Maître, votre histoire de Tesla me touche beaucoup. Ça me rappelle que le compteur tourne pour ma Mégane, alors venez-en au fait.

Maître La Bajon : Ce matin, un journaliste m'a demandé de quoi rêvait la petite fille qui vit en moi. Eh bien, un jour, cette petite fille est tombée sur le code pénal. Elle a cru que c'était un roman, mais quand elle a vu qu'à la fin c'était les méchants qui gagnaient, elle s'est dit qu'elle pouvait changer ça. Si mes clients détruisent la planète, c'est uniquement parce que la justice les y autorise.

Le juge : Maître, je vous demanderai d'avoir un peu de respect pour la justice !

Maître La Bajon : La ju… quoi ? Monsieur le juge, avec Elon Musk, Jeff Bezos ou un autre milliardaire excentrique, on aura peut-être la chance de voir les premiers pas de l'homme sur Mars et, grâce à vous, ses derniers sur Terre. Mes clients n'ont pas pu venir, pourtant les coupables sont dans cette pièce. Une justice régie par des lois édictées par ceux qui les enfreignent.
Le système judiciaire est l'opposé de la vitesse de la lumière. Et je ne vous parle pas de celle du son ! Pour atteindre Pluton, un message met quatre heures. On peut trouver ça long, mais sur Terre, on parle des risques du réchauffement climatique depuis les débuts de l'industrialisation, en 1850. Quasiment deux cents ans plus tard, le message n'est toujours pas parvenu ni à la justice ni à ceux qui font ses lois. Les politiques sont bien plus écolos devant une caméra de télévision que derrière un bouton à l'Assemblée, au moment de faire passer une loi pour interdire des pesticides. Maintenant, regarder une présidentielle, c'est comme regarder le ciel : tu t'attends à découvrir une nouvelle étoile, et finalement ce sont toujours les mêmes déchets qui tournent autour.
Étant donné ce à quoi on doit ressembler depuis l'espace, si ça se trouve, à chaque fois que les extraterrestres sont passés devant la Terre, ils se sont dit que c'était le jour des encombrants. Ils savent déjà qu'on est là, mais ils continuent

de chercher une forme de vie intelligente dans l'Univers… Est-ce qu'ils ont besoin de venir détruire la Terre, alors qu'ils ont juste à attendre quelques années qu'on finisse le boulot à leur place ? Oui, je n'hésite pas à parler d'extraterrestres ! Car, selon moi, nous ne pouvons pas être la seule forme de vie. Si on court à notre perte d'ici à quelques années, ça voudra dire qu'après 14 milliards d'années d'existence, le dernier son qu'on aura entendu dans l'Univers sera du Aya Nakamura. On ne peut pas finir là-dessus… Si tout s'arrête demain, imaginez la photo de fin. Qu'est-ce qui nous est arrivé ? On ne peut pas être passés de Platon à BHL, de Mozart à Jul, de Marie Curie à Marlène Schiappa ! L'être humain ne mérite-t-il pas un meilleur finish ? Car nous avons désormais la preuve que l'humain n'a pas un mauvais fond. Oui, comme le dirait un bon ami : « L'humain est un monstre au cœur tendre ! » Dans les films catastrophe qui mettent en scène une pandémie, on nous montre des images de panique, de pillages, de gens qui s'entretuent. Quand elle a eu lieu dans la réalité, on n'a rien vu de tout ça. Les seules choses qu'on a été capables de faire, c'est d'acheter des pâtes et du PQ, et d'applaudir aux fenêtres à 20 heures. Si demain des extraterrestres débarquent, on est foutus de leur proposer de se faire un rami. Reprenons confiance en nous, les humains. Depuis le début de notre histoire, nous avons toujours su surmonter les épreuves. On a créé le feu, on s'est brûlés, on a appris à le maîtriser.

On a créé la roue, on s'est fait écraser, on a appris à la conduire.
On a créé la boussole, on s'est perdus, on a appris à retrouver notre chemin.
On a créé la justice, on s'est laissé corrompre… Maintenant, il serait temps qu'on apprenne à lui donner du sens.
On peut changer, monsieur le juge. Si vous doutez encore qu'il soit possible de changer de chemin quand on a fait fausse route, la prochaine fois que vous regarderez vers le ciel, dites-vous que, même dans une voiture avec un cosmonaute au volant, il y a une marche arrière.

Le juge : Calmez-vous, Maître, nous ne sommes pas là pour refaire le monde.

Maître La Bajon : Et pourquoi on ne le referait pas ?

À ces paroles, l'assistance se leva d'un bond et applaudit comme un seul homme. Ému par ce discours, le juge rendit la justice égalitaire et fit condamner les lobbys qui allaient à l'encontre du bien de l'humanité. Les responsables politiques se mirent à retravailler pour les intérêts du peuple et non pour ceux des grosses sociétés. Ils s'employèrent aussi à consulter l'avis des citoyens avant de prendre de grandes décisions pour leur avenir. Les médias informèrent sur ce qu'ils voyaient plutôt que de retranscrire ce qu'on leur demandait de dire.
Tous les habitants de la planète comprirent que, si l'union fait leur force, leur désunion fait celle de ceux qui veulent les manipuler. Les Terriens cessèrent

de se diviser pour des questions de religions, d'origines, de couleurs et d'opinions afin de s'unir et de s'entraider.

On se remit à cultiver la Terre en la respectant, afin d'en sortir juste ce qu'il faut pour nourrir tout le monde. Les grandes entreprises portèrent davantage d'intérêt à leurs employés qu'à leurs actionnaires. Chacun adopta le boycott des produits nocifs, ce qui entraîna la fin de la surconsommation. On élabora un système économique mondial égalitaire, afin que toutes et tous aient de quoi vivre dignement et avant que, quelques années plus tard, l'argent disparaisse complètement pour le bien commun.

Mais peut-être bien que tout cela n'eut jamais lieu. Peut-être même que la seule chose qui se produisit, ce fut des lectrices ou des lecteurs qui refermèrent ce livre en se disant qu'au moins, ils avaient bien rigolé.

REMERCIEMENTS

Richard et Naoko Sospedra

Naïma & Yoni Boubekeur

Frédéric Dieudonné & Jean-Christophe Jeauffre

Joseph Arragone

Nos parents

Dadou

Patong

Toute l'équipe de MA Prod & Sans Déconner Production

Tous ceux qui nous accompagnent dans nos vidéos

Toute l'équipe du cherche midi éditeur

TABLE DES MATIÈRES

MIXTE
Papier issu de sources responsables
FSC® C003309

L'éditeur de cet ouvrage s'engage dans une démarche
de certification FSC® qui contribue à la préservation
des forêts pour les générations futures.

Pour en savoir plus :
www.editis.com/engagement-rse/

Achevé d'imprimer en septembre 2021
par Normandie Roto Impression s.a.s. à Lonrai
N° d'impression : 2104403

Imprimé en France